Bianca

P9-DWU-862

Miranda Lee

El Capricho de Francesco

HILLSBORO PUBLIC LIBRARIES
Hillsboro, OR
HARLEQUIN™
Member of Washington County
COOPERATIVE LIBRARY SERVICES

Editado por HARLEQUIN IBÉRICA, S.A.
Núñez de Balboa, 56
28001 Madrid

© 2014 Miranda Lee
© 2014 Harlequin Ibérica, S.A.
El Capricho de Francesco, n.º 2298 - 26.3.14
Título original: A Man Without Mercy
Publicada originalmente por Mills & Boon®, Ltd., Londres.

Todos los derechos están reservados incluidos los de reproducción,
total o parcial. Esta edición ha sido publicada con autorización de
Harlequin Books S.A.
Esta es una obra de ficción. Nombres, caracteres, lugares, y situaciones
son producto de la imaginación del autor o son utilizados ficticiamente,
y cualquier parecido con personas, vivas o muertas, establecimientos
de negocios (comerciales), hechos o situaciones son pura coincidencia.
® Harlequin, Bianca y logotipo Harlequin son marcas registradas por
Harlequin Enterprises Limited.
® y ™ son marcas registradas por Harlequin Enterprises Limited y sus
filiales, utilizadas con licencia. Las marcas que lleven ® están
registradas en la Oficina Española de Patentes y Marcas y en otros
países.
Imagen de cubierta utilizada con permiso de Harlequin Enterprises
Limited. Todos los derechos están reservados.

I.S.B.N.: 978-84-687-3955-7
Depósito legal: M-36170-2013   8/14 5576 3238
Editor responsable: Luis Pugni
Fotomecánica: M.T. Color & Diseño, S.L. Las Rozas (Madrid)
Impresión en Black print CPI (Barcelona)
Fecha impresion para Argentina: 22.9.14
Distribuidor exclusivo para España: LOGISTA
Distribuidor para México: CODIPLYRSA
Distribuidores para Argentina: interior, BERTRAN, S.A.C. Vélez
Sársfield, 1950. Cap. Fed./ Buenos Aires y Gran Buenos Aires,
VACCARO SÁNCHEZ y Cía, S.A.

Capítulo 1

ÓMO que no puedo tener a Vivienne? –protestó Jack–. Siempre tengo a Vivienne.

A Nigel no le gustaba decepcionar a su mejor cliente, pero no había otra cosa que pudiera hacer.

–Lo siento, Jack. Desde ayer, la señorita Swan no trabaja para Classic Design.

–¿La habéis despedido? –preguntó Jack, atónito.

–Nada de eso. Vivienne era una de mis mejores diseñadoras. Nunca la hubiera despedido. Ella dimitió.

Jack lo miró sorprendido. Lo cierto era que no conocía tan bien a Vivienne, a pesar de que había trabajado en sus últimos tres grandes proyectos. Era una mujer joven y discreta que no hablaba demasiado de su vida. Se concentraba al cien por cien en su trabajo, que era brillante. Cuando, hacía poco, él le había preguntado por qué no abría su propia empresa de diseño, ella le había respondido que no quería añadir ese estrés a su vida, sobre todo, porque iba a casarse pronto. Vivienne le había explicado que no quería vivir solo para trabajar, un sentimiento que él no había comprendido... hasta el día anterior.

Jack había estado conduciendo por la zona de Port Stephens, buscando un terreno adecuado para hacer construir otro complejo residencial, cuando había dado con un pedazo de tierra que lo había cautivado por completo. No era lo que había estado buscando, ni de lejos. Para empezar, el terreno no era lo bastante llano. También tenía una enorme casa en medio, sobre una pequeña colina. Él nunca había visto una casa tan singular, tanto por su aspecto como por su nombre.

A pesar de saber que había estado perdiendo el tiempo, no había podido contener su curiosidad y había ido a visitar El Capricho de Francesco. Desde el momento en que había entrado y se había asomado a uno de sus muchos balcones con vistas a la bahía, había decidido que quería comprarla. No solo eso, también quería vivir allí. Era una locura, en realidad, ya que Port Stephens estaba a más de tres horas por carretera de Sídney.

Jack solía vivir en un piso de tres dormitorios en el mismo edificio donde estaba la sede de su empresa de construcción, en el centro de Sídney. Además de estar localizado en un lugar poco conveniente, El Capricho de Francesco era más grande de lo que podía necesitar, con ocho dormitorios, seis baños y una piscina que habría avergonzado a la de cualquier mansión de Hollywood.

Ya que era soltero y no pasaba mucho tiempo en casa, Francesco no necesitaba un hogar de ese tamaño. Sin embargo, no había podido resistirse. Entonces, se había dicho que, quizá, había llegado el momento de relajarse un poco. Se había pasado dos décadas trabajando seis y siete días a la semana, amasando millones en el proceso. ¿Por qué no darse un capricho por una vez? No tenía por qué vivir allí todos los días del año. Podía usar la finca como retiro de fines de semana y vacaciones. También podía invitar al resto de su familia, a quienes les encantaría.

Sin pensárselo más, Jack había comprado El Capricho de Francesco esa misma tarde. Le había salido muy barata, en parte porque necesitaba algunos arreglos y una actualización de la decoración. Por eso necesitaba un diseñador de interiores, con un gusto y profesionalidad impecables. Y le molestaba sobremanera que la única persona en la que podía confiar para el trabajo no estuviera disponible.

De pronto, sin embargo, pensó que igual ese no era el caso.

—¿Quién es el maldito diablo que os la ha arrebatado? –preguntó Jack, pensando que igual todavía podía contratarla.

—Vivienne no se ha ido a trabajar con otra empresa –informó Nigel.

—¿Cómo lo sabes?

—Me lo ha dicho. Mira, Jack, para que lo sepas, Vivienne no se siente bien ahora mismo. Ha decidido tomarse unas vacaciones.

—¿Cómo que no se siente bien? –inquirió Jack, sorprendido–. ¿Qué le pasa?

—Supongo que puedo contártelo, es de dominio público.

Jack frunció el ceño. No tenía ni idea de qué le estaba hablando.

–Por tu expresión, adivino que no has leído las páginas de cotilleos ni has visto las fotos.

–Nunca leo prensa del corazón –replicó Jack–. ¿Qué me he perdido? Aunque no me imagino a una mujer como Vivienne saliendo en la prensa rosa, la verdad.

–No ha sido Vivienne, sino su ex novio.

–Exnovio... ¿Desde cuándo? Estaba a punto de casarse la última vez que la vi hace unas semanas.

–Sí, bueno, Daryl rompió su compromiso hace un mes. Le dijo que se había enamorado de otra persona. La pobre se quedó destrozada, pero a pesar de ello intentó mantener el tipo. Él le aseguró que no la había sido infiel mientras habían estado juntos, pero la prensa de ayer demostró que era mentira.

–¿Qué fue lo que se publicó en las malditas revistas?

–Al parecer, la chica por la que Daryl dejó a Vivienne no es una cualquiera. Se trata de Courtney Ellison, la hija mimada de Frank Ellison. Vivienne decoró la mansión de la bahía que tú le construiste a Ellison, ¿recuerdas? Creo que Courtney y el exnovio de Vivienne se conocieron en la fiesta de inauguración, precisamente. Lo que se publicó ayer es que los dos tortolitos van a casarse. Courtney exhibía un enorme diamante en su anillo de compromiso, además de una enorme barriga de embarazada, lo que quiere decir que llevaban tiempo juntos –explicó Nigel–. La noticia no mencionaba que el radiante novio había estado prometido con otra mujer hacía poco. Sin duda, el padre de Courtney se ha encargado de silenciar eso. Para algo tiene tantos millones y poderosos contactos en los medios de comunicación. Como te puedes imaginar, Vivienne está muy dolida. Ayer me llamó llorando, algo que no es nada típico de ella.

Jack estaba de acuerdo. Llorar en público no era el estilo de Vivienne. Él nunca había conocido a una mujer tan contenida y correcta. Pero todo el mundo debía de tener un límite, pensó, meneando la cabeza.

Entonces, Jack lamentó habérsela recomendado a Ellison para que le hiciera la decoración de su casa. De no haber sido así, quizá, su exnovio y la hija de Ellison no se habrían conocido. Odiaba haber tenido algo que ver en la infelicidad de Vivienne. ¿Pero cómo podía haber adivinado que la devoradora de hombres de Courtney iba a poner sus garras sobre el tal Daryl?

Aun así... si había un hombre en el mundo dispuesto a tirarse de cabeza a las garras de la rica heredera, ese era Daryl.

Él solo lo había visto en una ocasión, en la fiesta de Navidad de Classic Design, pero no había necesitado más para formarse una opinión de él. Era un hombre guapo y encantador. Al menos, sonreía mucho, tocaba mucho y llamaba «chata» a su novia. Aunque, sin duda, a Vivienne debía de haberle gustado.

A Jack, por otra parte, le entristecía que a ella se le hubiera roto el corazón por culpa de alguien de su calaña, pero estaba seguro de que, con el tiempo, comprendería que había sido para mejor. Mientras, lo único que Vivienne necesitaba era recuperarse.

Y no le ayudaría en nada apartarse de lo que mejor sabía hacer: su trabajo.

–Entiendo. ¿Puedes darme la dirección de Vivienne, Nigel? –pidió Jack, tras haber tomado una decisión–. Me gustaría enviarle unas flores –añadió, antes de que Nigel pudiera negarse alegando que eso era información privada.

Nigel se quedó un rato mirándolo en silencio y, al fin, buscó la dirección en su ordenador y se la escribió en un pedazo de papel.

–No tienes muchas oportunidades –señaló Nigel, entregándole el papel.

–¿De qué?

–Vamos, Jack, tú y yo sabemos que no quieres su dirección solo para enviarle flores –repuso Nigel con una sonrisa–. Quieres ir a verla e intentar convencerla para que haga lo que tú deseas. ¿Qué es, por cierto? ¿Otro complejo residencial para jubilados?

–No –contestó Jack, aunque pensaba que El Capricho de Francesco podía ser un perfecto sitio para retirarse cuando fuera viejo–. Es un proyecto personal, una casa de vacaciones que me he comprado y necesito redecorar. Mira, a Vivienne le sentará bien estar ocupada.

–Está muy delicada en este momento –le advirtió Nigel–. No todo el mundo es tan duro como tú, Jack.

–Por experiencia, sé que el sexo débil es mucho más fuerte de lo que creemos los hombres –repuso él, se levantó y le tendió la mano para despedirse.

Nigel intentó no encogerse cuando el otro hombre le apretó con su mano grande y fuerte. A veces,

Jack no era consciente de su propia fuerza. Tampoco conocía a las mujeres tan bien como creía. No era nada probable que persuadiera a Vivienne para trabajar para él. Además de que estaba muy decaída, a ella nunca le había gustado el propietario de Stone Constructions... algo que era obvio que Jack ignoraba.

Sin embargo, Vivienne le había expresado su opinión en privado a Nigel y le había comentado que Jack era un adicto al trabajo, demasiado exigente y agotador. Por supuesto, pagaba muy bien, pero eso no iba a servirle de nada con ella, pensó Nigel. El dinero nunca había sido su prioridad, en parte, porque había heredado una enorme suma cuando su madre había muerto hacía un par de años.

—Si quieres un consejo, es posible que llevarle flores te dé más oportunidades de conseguir tu propósito, aunque lo dudo. Y mejor que no sean rosas rojas... —le sugirió Nigel antes de que saliera por la puerta.

Capítulo 2

LA CASA de Vivienne era fácil de encontrar. Estaba en Neutral Bay, a pocos minutos de la sede de Classic Design en Sídney. Encontrar una floristería primero no fue tan fácil. Ni decidir qué flores comprar. Al fin, dos horas después de haberse despedido de Nigel, Jack aparcó delante de la casa de dos pisos de ladrillo rojo donde ella vivía.

Él era un hombre que odiaba perder el tiempo y salió del coche sin pensarlo, con una cesta con claveles rosas y blancos.

Una lluvia repentina le hizo correr hasta la entrada del edificio. Por suerte, no se mojó demasiado, solo unas gotas en los hombros y en el pelo.

Era un edificio bastante antiguo, aunque bien cuidado, y no tenía portero. Jack apretó el timbre y esperó un buen rato. Al no recibir respuesta, pensó que igual ella no estaba en casa y lamentó no haber llamado primero.

—Soy un idiota —murmuró él para sus adentros y se sacó el móvil del bolsillo. Tenía el número de Vivienne en su agenda pero, cuando estaba a punto de marcarlo, oyó que alguien abría el cerrojo.

Una mujer de mediana edad, rubia y de gesto amable, asomó la cabeza.

–¿Sí? ¿Puedo ayudarle?

–Eso espero –repuso él y se guardó el teléfono en el bolsillo–. ¿Está Vivienne?

–Sí, bueno, pero... está dándose un baño. ¿Esas flores son para ella? Si quiere puede dármelas y se las entregaré de su parte.

–Prefiero dárselas en persona, si no le importa.

–¿Y quién es usted? –preguntó la mujer, frunciendo el ceño.

–Me llamo Jack Stone. Vivienne ha trabajado para mí en varias ocasiones.

–Ah, sí. El señor Stone. Vivienne lo ha mencionado una o dos veces.

A Jack le tomó por sorpresa el tono seco de la mujer cuando dijo aquello. Se preguntó qué habría contado de él Vivienne, aunque enseguida desechó el pensamiento por irrelevante.

–¿Y usted es?

–Marion Havers. Vivo en el número dos –respondió la mujer, señalando con la cabeza a la puerta adyacente–. Vivienne y yo somos amigas y vecinas. Mire, como trae flores, imagino que sabe lo que le ha pasado.

–La verdad es que no sabía nada cuando fui a Classic Design esta mañana para contratar sus servicios. Nigel me ha explicado la situación, por lo que se me ocurrió venir a ver cómo estaba.

–Qué amable –dijo la mujer con un suspiro–. La pobre está destrozada. Ni come, ni duerme. El médico le ha recetado pastillas para dormir, pero parece que no le hacen mucho efecto. Creo que va a necesitar antidepresivos más fuertes.

Jack no estaba de acuerdo con la forma en que la gente recurría a las medicinas para resolver sus problemas personales.

—Lo que Vivienne necesita es mantenerse ocupada, Marion —opinó él—. Y esa es la razón por la que estoy aquí. Quería convencerla de que trabajara para mí.

Marion lo miró con gesto de lástima y se encogió de hombros.

—Puede intentarlo, claro, pero no creo que tenga muchas oportunidades.

Por el contrario, Jack pensaba que sí las tenía. Vivienne estaba muy triste, sí, pero seguro que seguía siendo la mujer prudente e inteligente que él tanto respetaba. Pronto, ella comprendería la lógica de su propuesta.

—¿Puedo entrar para esperar a que termine su baño? Me gustaría mucho hablar con ella en persona hoy.

Marion titubeó un momento y se miró el reloj.

—Supongo que sí. No tengo que irme a trabajar hasta dentro de media hora y Vivienne habrá salido del baño para entonces —señaló ella y sonrió—. Mientras, voy a prepararme una taza de té. ¿Quiere acompañarme? ¿O prefiere café?

—Té está bien —contestó él con una sonrisa.

—Bien. Deme esas flores y sígame. Cierre la puerta al entrar, por favor —indicó ella.

Marion lo condujo por un estrecho pasillo con techos altos y suelos color nogal. Al final del pasillo, llegaron a un salón amplio que, para sorpresa de Jack, estaba decorado con escueta frialdad.

¿Dónde estaban los cálidos toques femeninos que eran el sello personal de Vivienne en todos los trabajos que había hecho para él? No había cojines de colores, ni lámparas elegantes, no había estanterías ni adornos de ningún tipo. Solo había un largo sofá de cuero negro y una alfombra de color crema, junto a una mesita de madera color nogal.

El único cuadro que había en las blancas paredes mostraba a una niña con un abrigo rojo, caminando sola en una ciudad mojada por la lluvia. Debía de ser de buena calidad, aunque no era agradable de contemplar. La niña del dibujo parecía triste y fría. Como la habitación.

Entonces, Jack pensó que, igual, Daryl se había llevado algunas cosas cuando se había ido y eso podía explicar su aspecto desolado. No estaba seguro de cómo sabía que Daryl había estado viviendo allí con Vivienne, pero lo sabía. Quizá ella había comentado algo en algún momento. ¿O había sido él? Sí, eso era. En la fiesta de Navidad de Classic Design, Daryl había mencionado que se iba a mudar con ella en Año Nuevo.

Marion se detuvo un momento para dejar la cesta con claveles sobre la mesita y lo condujo a la cocina que, aunque era pequeña, tenía espacio para todos los electrodomésticos y una mesa con cuatro sillas. La cocina estaba amueblada en blanco, como Vivienne siempre solía hacer en sus diseños. Lo que le extrañó a Jack fue que, mientras en sus proyectos ella siempre incluía un jarrón de flores, un cesto de frutas y algo de color en las paredes, allí no había nada de eso.

En definitiva, no se parecía en absoluto a cómo había esperado que fuera su casa. Aunque tal vez no fuera suya... Era posible que fuera alquilada, pensó él.

–¿Esta casa es de Vivienne? –preguntó él, sentándose a la mesa.

–Claro que sí –respondió Marion, mientras preparaba el té–. La compró cuando heredó algo de dinero hace poco. La ha remodelado de arriba abajo el año pasado. No está muy a mi gusto, pero cada uno tiene sus gustos. Vivienne es una de esas mujeres que no soportan las decoraciones sobrecargadas.

–Ya lo veo.

–¿Quiere una galleta con el té?

–Por favor –pidió él. Era casi la una y todavía no había comido.

–¿Cómo quiere el té?

–Solo, sin azúcar.

Marion suspiró con cierta exasperación, mientras le llevaba su taza y un plato de galletas.

–No sé qué estará haciendo Vivienne en el baño. Lleva allí una eternidad.

Sus ojos se encontraron y a Jack se le encogió el corazón al percibir alarma en la expresión de la otra mujer.

–Quizá debería llamar a la puerta y decirle que estoy aquí.

–Sí, haré eso –replicó Marion y salió a toda prisa de la cocina.

Jack escuchó sus pasos en el suelo de madera, cómo llamaba a la puerta y su voz cargada de ansiedad.

–Vivienne, ¿has terminado ya? Tengo que irme a trabajar y tienes visita... Jack Stone. Quiere hablar contigo. Vivienne, ¿me oyes?

Cuando Jack la oyó llamar más fuerte a la puerta, obviamente sin recibir respuesta, se puso en pie y corrió hasta donde estaba Marion, delante de una puerta en el pasillo.

–No me responde, Jack –dijo la mujer, histérica–. Y la puerta está cerrada con llave. ¿No habrá hecho ninguna tontería, verdad?

Jack no tenía ni idea, así que llamó a la puerta él mismo.

–Vivienne –gritó él–. Soy Jack. Jack Stone. ¿Puedes abrir la puerta, por favor?

No hubo respuesta.

–Maldición –murmuró él, examinando la puerta del baño. Era de madera sólida, pero parecía antigua y, con suerte, habría sido atacada por las termitas a lo largo de los años.

Tras pedirle a Marion que se apartara, cargó contra la puerta con todas sus fuerzas y la echó abajo, arrancándola de sus goznes.

Él casi se cayó dentro del cuarto de baño. Tardó un par de segundos en comprender la situación.

Vivienne no estaba desangrándose ni ahogada debajo del agua, víctima de una sobredosis de pastillas para dormir. Estaba viva y coleando, mirándolo aterrorizada después de que el ruido de la puerta, al fin, hubiera traspasado los auriculares que llevaba en los oídos. Ella gritó, conmocionada, mirándolo.

Por su parte, Jack se quedó sin habla. No se había parado a pensar, antes de tirar la puerta, que Vivienne estaría desnuda. Solo le había preocupado su seguridad. Sin embargo, en ese momento, solo podía pensar en su desnudez. Estaba hipnotizado por sus pechos, que sin duda eran los más bonitos que había visto jamás. Brillaban mojados, redondos y exuberantes, de una piel pálida y cremosa con areolas rosadas en el centro y los más tentadores pezones erectos.

Él nunca se había dado cuenta de que Vivienne tenía unos pechos generosos, quizá porque ella siempre los había disimulado con trajes de chaqueta y blusones amplios. Incluso, en la fiesta de Navidad, había llevado un vestido suelto que había ocultado sus hermosas curvas.

Por desgracia, Jack era un hombre de sangre caliente que llevaba dos meses sin estar con una mujer, reconoció para sus adentros, sin poder evitar una molesta erección.

Marion pasó delante de él y empezó a explicarle a Vivienne a toda prisa lo que había pasado. Haciendo un esfuerzo supremo para apartar los ojos de esos deliciosos pechos, Jack se giró y se fue a la cocina. Después de sentarse delante de su taza de té, se dijo que necesitaba recuperar su vida sexual. Después de todo, solo tenía treinta y siete años. No podía limitarse a tener aventuras de una noche de vez en cuando. Necesitaba sexo de forma habitual.

Pero eso implicaría tener una novia, algo que no

le atraía demasiado. Siempre que había salido con alguien, ella había querido algo más que sexo. Querían llevarlo a reuniones familiares y, sobre todo, querían un anillo de compromiso. Incluso las que aceptaban vivir con un hombre sin casarse querían hijos.

Jack no quería hijos. Durante los últimos veinte años, había hecho de padre de sus dos hermanas menores, protegiéndolas y manteniéndolas. También había cuidado de su madre, que se había quedado viuda a los cuarenta años. Él solo tenía diecisiete cuando su padre había muerto en un accidente de moto.

Cuando habían descubierto que su padre tenía más deudas que otra cosa, su madre se había derrumbado, dejándole a Jack el papel de hombre de la casa. Él había tenido que dejar los estudios de inmediato y ponerse a trabajar para que su familia pudiera sobrevivir.

Le había dolido en el alma renunciar a su ambición de ser ingeniero, pero no había tenido más remedio. Nadie más había podido ayudarlos económicamente. Así que se había puesto a trabajar en la construcción siete días a la semana para cubrir la hipoteca y poder llevar comida a casa. Por suerte, había sido un chico fuerte y había podido sobrellevar esa carga. También había sido lo bastante listo como para aprender los detalles de la construcción en tiempo récord y establecer su propia empresa, con la que había ganado más que suficiente en los últimos años para mantenerse a sí mismo y a su familia.

Jack ya no lamentaba no haber sido ingeniero.

Amaba a su familia y le enorgullecía haberla podido sacar a delante. Sin embargo, el precio que eso le había costado había sido alto. En su corazón, no quedaba espacio para otra familia. No quería tener una esposa. Ni hijos. Pero quería sexo, eso sí.

Sin embargo, conseguirlo no era tan fácil como la gente pensaba. Era cierto que él solía tener éxito con las mujeres. Pero ya no le atraían las aventuras de una noche. Prefería acostarse con una mujer que le gustara de veras.

Lo que necesitaba era una amante inteligente y atractiva, a la que pudiera visitar de forma habitual, pero que no le exigiera ninguna implicación emocional, reflexionó.

–Lo siento, Jack –dijo Marion al entrar en la cocina, sacándolo de sus pensamientos–. Tengo que ir a cambiarme para trabajar. Ahora baja Vivienne. Encantada de conocerte –se despidió y salió por la puerta.

Jack hizo una mueca al pensar en que lo dejaba a solas con Vivienne, quien, sin duda, estaría disgustada. Quién sabía lo que debía de haber pensado cuando lo había visto irrumpir en el cuarto de baño.

–Seguro que no le ha hecho mucha gracia lo de la puerta –murmuró él, hablando solo.

En ese mismo instante, Vivienne entró en la cocina, envuelta en un albornoz blanco y zapatillas a juego.

–Aciertas.

Imaginarla desnuda bajo ese albornoz no era muy tranquilizador para Jack. Tampoco el hecho de que ella llevara el pelo suelto, largo, ondulado y húmedo. Nunca se lo había visto suelto antes y no había tenido ni idea de que fuera tan largo y tan bonito.

Jack nunca prestaba demasiada atención personal a las mujeres con las que trabajaba, ni a las que tenían pareja. A lo largo de los años, había aprendido a no complicarse la vida con eso. Sí, se había percatado de que Vivienne era una fémina atractiva, pero su observación no había ido más lejos. Hasta ese día.

Al fijarse en su rostro con más detenimiento, pensó que era más que atractiva. Tenía la nariz pequeña y recta, labios carnosos y unos preciosos ojos verdes. ¿Cómo era posible que no se hubiera fijado antes en aquellos impresionantes ojos? Quizá ella siempre había llevado gafas de sol.

En ese momento, Vivienne los tenía clavados en él, llenos de furia.

—Espero que arregles esa puerta lo antes posible.

—Lo haré hoy mismo.

—No puedo entender cómo pensaste que estaba en peligro allí arriba —le espetó ella, enfadada—. ¡Es una idea ridícula!

Jack deseó haber confiado en su instinto. Vivienne no era la clase de chica que se suicidaba. Pero era demasiado tarde.

—Marion dijo que llevabas mucho tiempo en el baño —explicó él con la esperanza de calmarla—. Además, esta mañana, Nigel me contó cómo estabas.

—¿Ah, sí? —replicó ella, cruzándose de brazos y lanzándole puñales con la mirada—. ¿Y qué te ha dicho Nigel de mí?

–Me dijo que no podía contratar tus servicios para un trabajo porque habías dimitido.

–¡Sí, claro! –refunfuñó ella–. Seguro que no te ha dicho solo eso.

–No. Me contó lo que pasó con Daryl y la hija de Ellison.

–Ya –repuso ella y, de pronto, empezó a temblarle la mandíbula, como si estuviera a punto de llorar.

Jack conocía bien esa señal y contuvo el aliento, sin estar muy seguro de qué hacer. No le apetecía tener que consolarla. Abrazar a sus hermanas y a su madre era bastante diferente de hacer lo mismo con una mujer que le resultaba tan sexy. Tenía la sensación de que, si la rodeaba con sus brazos en ese momento, podía terminar haciendo algo muy estúpido. Como besarla. Y eso echaría al traste su plan de redecorar El Capricho de Francesco. Sin duda, ella lo abofetearía y lo mandaría al diablo.

Por suerte, Vivienne no rompió a llorar. Se limitó a levantar la barbilla con gesto desafiante.

–¡Eso fue ayer! –exclamó ella–. Hoy es un nuevo día. Así que, cuéntame, ¿en qué consiste ese trabajo?

Capítulo 3

LA EXPRESIÓN de sorpresa de Jack le resultó a Vivienne bastante satisfactoria. Por lo general, ese hombre solía parecer de piedra.

De acuerdo, él le había mirado los pechos en el baño hacía un momento. Pero no lo había hecho con lujuria, sino con sorpresa. Quizá porque no la había encontrado muerta, como había temido.

Vivienne no podía creer que Marion hubiera pensado que había intentado suicidarse. Pero, como le había explicado su amiga y vecina, estaba muy preocupada por ella, sobre todo, desde que había dimitido de su trabajo.

Sin embargo, sabía que Jack Stone no estaba preocupado por ella. Sin duda, había ido a verla con un ramo de flores solo para conseguir su propósito. A él no le importaba que tuviera el corazón roto, siempre y cuando aceptara hacer el trabajo que quería proponerle.

Y lo cierto era que tenía el corazón roto.

El hombre al que ella había amado no la amaba. Por si fuera poco, la había dejado por una millonaria. Pero todavía peor había sido descubrir que la otra mujer estaba embarazada desde hacía meses.

Al comprender que Daryl la había estado engañando durante meses, Vivienne se había sentido hundida. Sobre todo, porque lo había creído cuando él había insistido en que no se había acostado con su nuevo amor todavía.

Cielos, no podía soportar pensar lo tonta e ingenua que había sido.

Y era mejor no pensarlo, se dijo, enderezando la espalda y esforzándose en mantener la compostura. Lo último que necesitaba era romper a llorar delante de aquel hombre.

–¿Y bien? Dispara.

Jack frunció el ceño, confuso. También era la primera vez que Vivienne veía esa expresión en su cara, pensó, satisfecha.

–¿Estás diciendo que piensas considerar mi proposición?

Ella rio.

–Si no es una proposición de matrimonio, sí. Me he dado cuenta de que ha sido una tontería dejar mi trabajo, sobre todo, porque la gente va a pensar que estoy fatal. Así que cuéntame lo que quieres que haga y, si me gusta la idea, lo haré.

Entonces, Jack le dedicó una sonrisa indescifrable.

Vivienne se preguntó dónde estaba la gracia. Quizá, había sido su broma sobre la proposición de matrimonio. Era bien sabido que Jack Stone era un soltero recalcitrante. No era de extrañar, teniendo en cuenta que era un adicto al trabajo. No podía tener tiempo para una esposa y una familia. Ella tampoco lo había visto con novia, ni siquiera en la última fiesta de Navidad.

Sin embargo, sospechaba que él no practicaba la abstinencia. Era demasiado masculino como para eso.

Alto y de anchos hombros, Jack poseía un cuerpo fornido, como el de los leñadores de las películas. ¡No había más que ver lo que le había hecho a la puerta del baño! Su cara también era muy viril, con frente alta, nariz grande, mandíbula fuerte y anchos labios. El pelo moreno y unas cejas pobladas completaban el retrato típico de un macho ibérico.

Sin duda, muchas mujeres lo encontrarían atractivo, a pesar de su ausencia de calidez y encanto. Tenía unos ojos azules bonitos, admitió Vivienne para sus adentros, aunque su mirada solía ser fría y desapegada. Muy rara vez brillaban con una sonrisa. Sin embargo, a ella no le importaba. Jack no era su tipo y nunca lo sería.

Por alguna razón, no obstante, no pudo evitar preguntarse cómo sería la clase de mujer que a él podía gustarle. ¿Con quién se acostaría? Tal vez tuviera una amante en algún sitio, disponible para darle sexo sin esperar nada a cambio. Excepto dinero, claro, algo de lo que Jack tenía en abundancia.

Vivienne lo miró a los ojos, intentando adivinar la clase de hombre que era. De pronto, una inesperada excitación le recorrió la espalda, al pensar que lo más probable era que él tuviera una amante.

—Te has quedado muy callada de repente —observó él, rompiendo el silencio.

—Lo siento. Estaba pensando. Últimamente, lo hago mucho —repuso ella. Es lo que había estado haciendo en el baño, antes de ponerse la música a todo volumen en los auriculares. Por eso, no había oído cuando habían llamado a la puerta.

—Pensar demasiado tampoco es bueno —comentó él—. Es mejor actuar. Tienes que mantenerte ocupada, Vivienne. Necesitas hacer algo. No vas conseguir nada dándole vueltas a la cabeza, sin comer y sin dormir, atormentándote con pensamientos deprimentes. Si no, acabarás dependiendo de las pastillas y te convertirás en una inútil.

—Oh, cielos... Parece que no solo te ha estado hablando de mí Nigel, sino también Marion.

—Solo quieren lo mejor para ti.

—¿Y tú, Jack? ¿Solo piensas en mi bien al ofrecerme este trabajo?

Él se encogió de hombros.

—Tengo que confesar que eso no era mi prioridad cuando vine a verte. Pero tampoco soy una bestia sin corazón. Confía en mí, un día te alegrarás de no haberte casado con ese cerdo.

Vivienne apretó la mandíbula. Aunque sabía que las palabras de Jack eran bienintencionadas, le hacían daño. Ella había amado a Daryl e iba a necesitar mucho más que un mes para olvidar su traición.

Por otra parte, no tenía la intención de encerrarse en un agujero y autodestruirse. Jack tenía razón. Tenía su trabajo.

—Quizá —dijo ella—. De acuerdo, cuéntame tu propuesta.

Cinco minutos después, Vivienne tuvo que admitir que Jack la había sorprendido. Lo último que había esperado había sido que le ofreciera amueblar una casa de vacaciones que había comprado en medio de ninguna parte.

En la costa, Port Stephens se había convertido en una zona de vacaciones muy popular. Vivienne no lo conocía en persona, pero había visto un documental sobre el lugar. Tenía playas espectaculares, pequeños pueblos muy pintorescos y mucho terreno virgen. Pero, por lo que Jack le había contado, no era la típica casa de playa, sino que estaba en lo alto de una colina, con vistas al mar. También le había dicho que su decoración era una bizarra mezcla de villa mediterránea y mansión hollywoodense.

Por todo eso, redecorar El Capricho de Francesco le parecía un fascinante reto en el que embarcarse. Sería una distracción perfecta, que requeriría todo su tiempo y dedicación. Justo lo que necesitaba.

–Tengo que admitir que me has sorprendido –dijo ella.

–¿Te interesa el trabajo?

–Claro que sí –afirmó ella.

–Tú sí que me has sorprendido. Estaba seguro de que ibas a negarte.

–Solo he dicho que me interesa, no que lo vaya a hacer –aclaró ella.

–Me parece justo –repuso él y se miró el reloj un momento, con gesto serio–. Mira, no sé tú, pero yo me muero de hambre. Marion me ha dicho que no tienes mucha comida en casa, así que te sugiero que te vistas y vayamos a un restaurante de la zona. Podemos hablar de los detalles del empleo mientras comemos. Todavía no tengo los papeles de propiedad de la casa, pero no tardarán mucho. Mientras, estoy seguro de que la inmobiliaria no tendrá problemas en prestarnos las llaves para que la veas. Puedo llevarte mañana.

—¡Mañana!

—¿Qué tiene de malo? No me digas que tienes otra cosa que hacer, porque no te creo.

Vivienne contuvo un suspiro. Supuso que no podía pedirle a Jack que dejara de actuar como si todo fuera urgente. Si él tenía una amante, podía imaginarse cómo serían sus visitas. La llamaría antes de llegar para que se fuera quitando la ropa y pudiera satisfacerlo en cuanto entrara por la puerta.

De nuevo, Vivienne se sorprendió a sí misma excitándose ante aquel pensamiento. Los pezones se le endurecieron bajo la bata que, por suerte, era lo bastante gruesa como para disimularlo. Las mejillas se le sonrojaron un poco y apretó la mandíbula, intentando calmar su pulso acelerado. No estaba acostumbrada a excitarse con pensamientos sexuales. Ella siempre había necesitado estar enamorada de un hombre para eso.

Por eso, pensó en decirle que no tenía hambre y que él podía irse a comer algo y volver luego. Sin embargo, decidió que sería una tontería, porque lo cierto era que estaba hambrienta.

—Vamos —ordenó Jack—. Vístete.

Vivienne miró al techo, pero no protestó. Dirigiéndose a su dormitorio, esperó que la actitud autoritaria de Jack sirviera para calmar sus pensamientos eróticos y dejar de imaginárselo con su amante. Era algo que, sin embargo, no era tan fácil, tuvo que admitir. Mientras se ponía la ropa interior minutos después, tanga y sujetador blancos de algodón, se preguntó qué lencería llevaría una amante. Algo muy sexy, sin duda. O, quizá, nada.

–¡Cielos! –exclamó ella, hablando sola, llevándose las manos a la cabeza.

Capítulo 4

JACK respondió cinco llamadas perdidas, llamó a un albañil para que fuera a casa de Vivienne a reparar la puerta al día siguiente y reservó una mesa para comer mientras Vivienne se preparaba. Ella reapareció con unos pantalones color hueso, blusa blanca y una chaqueta de lino negra. Seguía llevando el pelo suelto y nada de maquillaje que disimulara lo enrojecidos que tenía los ojos.

–Has estado llorando –observó él, sin pensarlo.

Vivienne le lanzó una mirada asesina.

–No me digas. Es lo que hacen las mujeres cuando el hombre que amaban resulta ser una rata asquerosa. Así que, si quieres que trabaje para ti durante las próximas semanas, Jack, tendrás que arriesgarte a sorprenderme en unos cuantos ataques de llanto.

–Bien –repuso él–. Siempre que no esperes que yo haga nada.

–¿Qué?

–Tengo dos hermanas y una madre –informó él–. Si no las abrazaba cuando lloraban delante de mí, me retiraban la palabra durante días.

–¿Tienes madre y dos hermanas?

Jack rio al ver su expresión de sorpresa.

–¿Qué creías? ¿Que me habían abandonado al nacer?

–No –contestó ella, sonriendo–. Pero no tienes aspecto de tener un lado femenino.

–Pues te equivocas. Al vivir con tres mujeres, no he tenido elección. Tuve que adaptarme al lado femenino sin remedio. Aunque te confieso que no soy la clase de hombre que limpia, cocina y manda felicitaciones de Navidad. Pero sí sé abrazar.

–Y sabes regalar flores cuando es necesario.

Jack no estaba seguro de si se estaba riendo de él.

–Por cierto, todavía no te he dado las gracias por ellas –continuó Vivienne con sinceridad–. Lo siento, Jack. No suelo ser grosera, ni desagradecida. Supongo que no soy yo misma estos días.

–Acepto tus disculpas. Ahora, ¿nos vamos? El tiempo corre y tengo una mesa reservada en un restaurante.

–¿Ah, sí? ¿Dónde?

–¿Por qué no me dejas sorprenderte de nuevo?

Vivienne se sorprendió. No solo porque la llevara a una marisquería de moda en la playa de Balmoral, sino por el modo que le trataban los camareros, como si fuera su mejor cliente. Le dieron la mesa y tomaron su pedido en un momento.

Era obvio que Jack había ido allí en más de una ocasión, adivinó ella. Quizá, no era tan adicto al trabajo como había imaginado. Incluso era posible que tuviera una novia y no una amante. Sin embargo, eso no era algo que pudiera preguntarle, al menos, no de forma directa.

–¿Sueles venir aquí a menudo? –preguntó ella, sin poder contener su curiosidad, mientras se llevaba el vaso de agua mineral a los labios.

–Sí –afirmó él–. Mi madre vive aquí cerca. Le encanta el marisco, así que suelo traerla al menos una vez al mes. También hemos venido este año el Día de la Madre, con mis hermanas. Ellas están casadas y vinieron con sus maridos y sus hijos. Ocupamos una mesa muy grande.

–Entiendo –comentó ella y decidió dejar de lado su habitual discreción. Quería saber más sobre él–. ¿Y tú por qué no estás casado?

–Si te dijera que no he tenido tiempo, es probable que me creyeras –respondió él, como si le pareciera la pregunta más normal del mundo–. Y esa es la verdad. Mi padre murió cuando yo tenía diecisiete años, dejándonos llenos de deudas. Tuve que dejar los estudios y ponerme a trabajar. No me gustó nada, te lo aseguro. Tenía planes de ir a la universidad y convertirme en ingeniero. Pero se fueron por la borda. De todas maneras, no me quejo. Me ha ido bien en la vida.

–Sin duda –señaló ella–. Tu empresa de construcción es una de las más exitosas y eficientes de Sídney. Es famosa por acabar los proyectos en el plazo y con el presupuesto acordados.

–Olvidas mencionar que solo contrato a los mejores, incluidos los diseñadores de interiores –añadió él con una sonrisa.

–Y tú olvidaste mencionar por qué, aunque te ha

ido bien en la vida, no has tenido tiempo para casarte y tener hijos. Hace tiempo que has triunfado y puedes dedicarte más a ti.

–Es verdad. Pero todavía tengo la responsabilidad de cuidar de mi madre. No es una mujer muy fuerte emocionalmente. Después de que muriera mi padre, se hizo añicos. Y sigue teniendo tendencia a deprimirse. Es algo muy duro, no solo para ella, sino para la gente que la quiere.

–Lo sé –replicó Vivienne con empatía.

–No se puede comprender a menos que se haya vivido –comentó él–. En cualquier caso, cuando empecé a hacer dinero en serio, ya no quería cargarme más responsabilidades ni compromisos. Y sigo sin querer... Cielos, Vivienne –dijo él y se interrumpió de pronto–. ¿Por qué te estoy contando esto?

–No te hagas el duro conmigo. ¿No crees que viene bien expresar tus sentimientos de vez en cuando? –repuso ella–. Las mujeres lo hacen a todas horas. Deberías escuchar a Marion y a mí cuando quedamos para hablar. Para que lo sepas, a mí me parece muy dulce por tu parte que hayas cuidado de tu madre y tus hermanas. En cuanto a que no quieras casarte ni tener hijos... Bueno, no tiene nada de malo tampoco. Tienes el derecho a vivir tu vida como quieras. Solo tenía curiosidad. Después de todo, eres un buen partido. Apuesto a que las mujeres siempre te han perseguido.

–He tenido mis momentos –repuso él e iba a decir algo más, pero cerró la boca.

Vivienne se estaba preguntando qué había querido decir cuando llegaron sus comidas, langostas con patatas fritas y ensalada.

–Oh, cielos –dijo ella, mientras se le hacía la boca agua–. No me había dado cuenta del hambre que tenía.

–Yo también. Vamos, dejemos de hablar y comamos.

Y eso hicieron, sumergiéndose en las deliciosas viandas. Hasta que no dejó limpia su langosta, Vivienne no levantó la cabeza del plato. Entonces, vio que Jack también había terminado y se estaba chupando los dedos.

–Estaba riquísimo –dijo él, entre chupada y chupada.

Ella no dijo palabra. Se quedó mirando lo que él estaba haciendo, tratando de controlar los más inapropiados pensamientos acerca de aquellos largos y gruesos dedos.

Para intentar sacarse esas fantasías de la cabeza, se enderezó en su asiento, sorprendida por cómo su cuerpo había reaccionado a tan eróticos pensamientos. Era un comportamiento muy poco común en ella. Era la segunda vez que Jack la excitaba, aunque no de forma consciente, claro. Él no podía tener ni idea de lo que había estado evocando al chuparse los dedos.

Quizá, aquellas ideas tenían que ver con que, durante el último mes, no había podido dejar de pensar que Daryl no se había sentido satisfecho con ella en la cama. Se preguntaba si Courtney Ellison le hacía cosas que Daryl siempre había deseado y sin las que no podía vivir. Tal vez, su comportamiento hacia Jack estaba siendo una especie de venganza, un alocado deseo de demostrarse a sí misma que podía ser tan salvaje como cualquier mujer.

En cualquier caso, no podía negar que estaba excitada. ¡Si, al menos, Jack dejara de chuparse los dedos!

Entonces, como siempre hacía cada vez que la vida le resultaba abrumadora, Vivienne se centró en el trabajo.

–Bueno, Jack. Cuéntame en qué consistiría el empleo exactamente.

Jack frunció el ceño mientras se limpiaba los dedos con la servilleta.

–No puedo darte detalles todavía, hasta que no veamos el sitio. Si vienes conmigo mañana, podrás verlo con tus propios ojos y decirme cuánto tiempo crees que vas a necesitar. Yo prefiero acordar una suma total en vez de pagar por horas. Por otra parte, como me has hecho un favor especial al aceptar el trabajo, estoy dispuesto a ser generoso.

Vivienne arqueó las cejas. Jack Stone no era conocido por su generosidad. Era un hombre justo, pero duro.

–¿Cómo de generoso?

–Muy generoso.

–¿Por qué? Estoy segura de que podrías contratar a cualquier decorador joven para ese trabajo por muy poco dinero, a cambio de que lo pudieran añadir a su currículum.

–Pero yo no quiero a cualquier joven decorador, Vivienne. Te quiero a ti.

Capítulo 5

CUANDO Jack dijo que quería a Vivienne, lo decía en un sentido profesional nada más.

Sin embargo, al mirarla a esos hermosos ojos verdes, que se habían abierto un poco más ante su comentario, Jack comprendió que no solo la quería para el trabajo. La quería en su cama también.

Al darse cuenta de ello, se quedó sin habla. Después de todo, hasta ese día nunca había pensado en Vivienne como mujer. Ni se había quedado embobado mirándola, como le estaba sucediendo en ese mismo momento.

Era la segunda vez en el día que tenía una erección por su culpa. Y, en esa ocasión, no había sido por verla desnuda en el baño. Solo estaban en un sitio lleno de gente, vestidos, hablando de negocios.

Sin embargo, la mente de Jack estaba poseída por el deseo. Sin proponérselo, se la imaginó desnuda de nuevo, mientras su erección crecía hasta hacerse dolorosa.

¿Qué podía hacer?

Nada, se dijo Jack. Intentar algo con Vivienne, en su frágil estado emocional sería una inconsciencia.

Pero... igual podía esperar. El trabajo que ella iba

a hacer le llevaría semanas. O meses. Sin embargo, a juzgar por su erección, igual no iba a poder esperar tanto tiempo.

–¿Por qué yo? –preguntó ella.

Jack rezó porque su rostro no delatara sus pensamientos.

–¿Por qué? Porque eres muy buena –repuso él, al mismo tiempo, deseando que no fuera tan buena, sino un poco mala y traviesa...

El camarero llegó en ese instante para preguntarles si querían postre. Ambos dijeron que no y pidieron café. Cuando volvieron a quedarse a solas de nuevo, Jack apenas había conseguido detener las imágenes clasificadas X que habían estado bombardeándole el cerebro. Se sentía culpable por reducir a una mujer tan agradable como Vivienne a un mero objeto sexual.

Vivienne se alegró de que el camarero llegara en ese momento, a tiempo para impedirle seguir haciéndole preguntas estúpidas sobre por qué la quería para ese trabajo. ¿Qué había esperado? ¿Más alabanzas? Ella sabía que a él le gustaba su forma de trabajar. Así se lo había dicho muchas veces. ¿O acaso había esperado otra cosa, algo que no se atrevía a admitir?

Al sentir que otra oleada de excitación la invadía, Vivienne se puso en pie de golpe, tanto que casi tiró la silla. Tras excusarse con una débil sonrisa, se fue al cuarto de baño.

Confundida, se miró al espejo y comprobó que todavía estaba sonrojada. ¿Qué le estaba pasando? Había llegado a esperar que él la quisiera tener

cerca no solo por el trabajo, sino porque la deseaba.
Y eso era una locura, porque Jack nunca había dado
muestras de sentirse atraído por ella. Tampoco ella
había sentido nunca nada por él. Hasta ese momento. De pronto, lo encontraba en extremo atractivo. No solo eso, sino... muy, muy sexy.

Sin duda, aquello tenía que ver con su ruptura
con Daryl, caviló ella, tratando de poner en orden
sus pensamientos. Al parecer, la había dejado desesperada por tener a alguien que, al menos, la deseara.
Las mujeres, a veces, hacían cosas estúpidas cuando
un hombre las abandonaba. Una amiga suya se había rapado el pelo y se lo había teñido de blanco.
Otra se había hecho una operación de aumento de
pecho. Y otra chica que conocía se había estado
acostando con un hombre diferente cada noche durante un mes. A los veintisiete años, era imposible
no haber visto a unas cuantas amigas perder los papeles a causa de un hombre.

Vivienne no tenía intención de cortarse el pelo,
ni de teñírselo, ni de operarse los pechos. Tampoco
iba a ir de bar en bar buscando aventuras de una noche. Sin embargo, sentía la irresistible tentación de
intentar que Jack la quisiera para algo más que para
redecorar su nueva casa. Quería que la mirara con
fuego en los ojos. Necesitaba que la deseara tanto
que fuera capaz de todo con tal de tenerla.

¿A quién pretendía engañar?, se reprendió a sí
misma, meneando la cabeza. Nada de eso iba a pasar jamás. Ella no era la clase de mujer que hacía
que un hombre perdiera la cabeza. No tenía nada de
mujer fatal. Antes de haber estado con Daryl, sus

amantes podían contarse con los dedos de una mano. Y era bastante tímida entre las sábanas. Daryl había sido quien la había seducido a ella y no al revés.

Entonces, otra mujer entró en el baño de señoras y Vivienne se metió en uno de los servicios. Con un poco de suerte, podría sentarse allí y pensar en paz.

¿Qué iba a hacer con la oferta de trabajo de Jack? No tenía por qué aceptar, se recordó a sí misma. Pero debía tomar una decisión.

Mordiéndose el labio inferior, trató de considerar los pros y los contras. Por una parte, no sería muy inteligente desairarlo, si quería seguir siendo diseñadora, ya que él era un hombre poderoso en el mundo de la construcción. Al mismo tiempo, se podía sentir muy incómoda yendo con él en el coche al día siguiente y trabajando en un proyecto tan personal. Sin duda, tendrían que pasar más tiempo juntos y a solas. Y esa perspectiva no le resultaba nada atractiva, sobre todo, si seguía teniendo pensamientos lascivos acerca de él todo el rato.

¿Pero qué otra opción tenía? Podía negarse y quedarse en casa, regodeándose en su desgracia, se dijo, estremeciéndose. O podía hacer las maletas e irse de vacaciones a alguna parte. Sin embargo, seguiría estando triste y sola, con nada en lo que distraerse. Prefería volver a trabajar para Classic Design que hacer eso. Huir nunca había solucionado las cosas. Debía enfrentarse a las situaciones que le presentaba la vida.

De acuerdo, pensó. Por alguna extraña razón, se sentía atraída y excitada por Jack. Muy excitada. Esa era la verdad.

No obstante, aquella loca atracción no tenía ninguna razón de ser, reflexionó. Jack nunca había sido su tipo. Los hombres fornidos y grandes siempre le habían intimidado en el pasado.

Quizá fuera solo una locura temporal y, al día siguiente, aquellos sentimientos hubieran desaparecido. Prefería mil veces volver a sentir lo que siempre había sentido por él, es decir, una mezcla de irritación y exasperación ante su autoritarismo y brusquedad.

Un poco más calmada con esos razonamientos, Vivienne se dijo que era mejor no tomar una decisión apresurada. Esperaría a ver qué pasaba al día siguiente. Si le resultaba una pesadilla de frustración y confusión, declinaría su oferta, diciéndole que lo sentía, pero que no se sentía preparada para aceptar.

Jack lo entendería, ¿o no?

Cuando regresaba a su mesa, Vivienne lo vio allí sentado con gesto impaciente, golpeando la mesa con los dedos. Era el hombre más impaciente y exigente que había conocido, pensó, aliviada por el respiro que ello le ofrecía a su libido.

Teniendo eso en cuenta, lo más probable era que Jack no se tomara bien su negativa. Sin duda, le ofrecería más dinero e intentaría convencerla, pero eso no funcionaría. Ninguna clase de chantaje podía hacerle cambiar de idea una vez que había tomado una decisión, se recordó a sí misma para tranquilizarse.

–¿El café no ha llegado todavía? –preguntó ella, mientras se sentaba.

–No. Bueno, ¿entonces aceptas el trabajo, Vivienne? Dímelo ya.

Ella sonrió ante su impaciencia.

—Creo que es mejor que no me comprometa hasta que no vea El Capricho de Francesco con mis propios ojos.

—De acuerdo. Te recogeré mañana por la mañana alrededor de las siete, así que no tomes demasiadas de esas pastillas para dormir que te dio el médico.

—Marion habla demasiado —comentó ella con un suspiro de exasperación—. ¿Qué más te ha dicho de mí?

—No mucho. Me dijo que la casa en la que vives es tuya. Pero fue porque yo se lo pregunté.

—Entiendo. ¿Y por qué querías saberlo?

—Por nada en especial. Me sorprendió que tu casa tuviera una decoración tan espartana, teniendo en cuenta que todos tus trabajos tienen un sello de calidez y estilo.

—Ah —dijo ella, atónita porque Jack se hubiera fijado en eso. Las razones por las que no se había volcado en decorar su casa eran demasiado profundas y nunca se las había explicado a nadie, ni siquiera a Marion.

—Todavía no he terminado la decoración.

—Ah, eso lo explica. Pensé que, igual, tu novio se había llevado las cosas cuando se había ido.

—Nada de lo que había en mi casa era de Daryl —le espetó ella—. Solo su ropa —añadió. Incluso eso lo había pagado ella. Con su trabajo de vendedor de móviles, Daryl no había tenido dinero para comprarse trajes de diseño. Ni siquiera había podido pagar su anillo de compromiso. Había sido ella quien había puesto el dinero para eso también. Su ex le había prometido devolvérselo, pero nunca lo había hecho.

Entonces, de pronto, Vivienne se dio cuenta de que Courtney Ellison debía de haber pagado el enorme diamante con el que había salido en las fotos de las revistas. Daryl no podía habérselo permitido, a menos que hubiera sido falso.

El café llegó en ese momento y, después de servírselo, el camarero volvió a dejarlos a solas.

—No se fue por ti, Vivienne —señaló él de forma abrupta, después de darle un trago a su taza—. Es por la fortuna que espera heredar como marido de Courtney.

—Es posible —contestó ella, apretando los dientes.

Marion había dicho lo mismo. Sin embargo, Vivienne no podía evitar pensar que ella también había tenido la culpa. Quizá, Daryl no había podido soportar su obsesión por la limpieza, por no mencionar sus inhibiciones sexuales. Ella no era muy amante del sexo oral, ni de posiciones que la hicieran sentir expuesta y vulnerable. Incluso colocarse arriba la incomodaba. Aunque Daryl siempre le había asegurado que no le había importado, que con hacer el amor con ella le había bastado.

—Ningún hombre en su sano juicio dejaría a una mujer como tú por alguien como Courtney Ellison —comentó Jack—. A menos que fuera por una enorme fortuna.

Vivienne debería haberse sentido halagada, si no hubiera sido porque se dio cuenta de que, si Daryl era un cazador de fortunas, lo más probable era que también hubiera estado con ella por el dinero. Aunque no tenía la riqueza de Courtney, ella tampoco era pobre. Tenía una casa, coche y una sustanciosa cuenta bancaria. Además, era una de las diseñadoras de interiores más exitosas de Sídney y ganaba un sueldo considerable.

Al pensar que Daryl nunca la había amado y que su relación había sido una farsa desde el principio, Vivienne se sintió todavía más hundida.

Al ver cómo su expresión se ensombrecía, Jack decidió cambiar de tema con rapidez.

—Antes de que me olvide, el carpintero al que he llamado para que vaya a arreglarte la puerta del baño estará en tu casa a las siete mañana. Irá a tomar medidas para reemplazarla.

—¿Y esperas que llegue a tiempo? Cuando reformé mi casa, descubrí que los carpinteros y los fontaneros no parecen regirse por los mismos horarios que el resto del mundo.

—En mi empresa, no pasa eso. Confía en mí, estará allí a las siete. Sabe que, si llega tarde, no volveré a contratarlo.

—Tendré que verlo para creerlo.

—Pues ya lo verás. Yo también llegaré puntual. Tú espérame preparada.

—No tienes que preocuparte por eso. Si tengo algo bueno, es que soy puntual.

Jack frunció el ceño al percibir su tono depresivo. Furioso, se dio cuenta de que ese idiota de Daryl había destrozado la autoestima de Vivienne. ¡Si se lo encontraba, le daría un buen puñetazo, sin pensar en las consecuencias!

–Pareces cansada. Vamos, tómate el café y te llevaré a casa. Creo que necesitas dormir.

Vivienne abrió la boca para decirle que no era su jefe, todavía, y que dejara de darle órdenes. Pero comprendió que él solo intentaba ser amable. Así que se bebió el café y dejó que la llevara a casa.

–¿Seguro que vas a estar bien? –preguntó él, después de haberla acompañado a la puerta.

–Sí –afirmó ella, no muy convencida–. Gracias por la comida, Jack. Ya te he dado las gracias por las flores antes, ¿no?

–Sí.

–Bien. No estaba segura. La verdad es que estoy en baja forma.

–Estarás mejor mañana. Y mejor aun al día siguiente.

–Eso es.

–Lo único que tienes que hacer es seguir mis consejos. Hasta mañana, entonces –se despidió él, inclinó la cabeza y le dio un beso de buenas noches.

Aunque fue un beso muy suave y rápido, cuando sus labios entraron en contacto, a Vivienne dejó de latirle el corazón. Por suerte, él se dio media vuelta de inmediato y se fue, sin mirar atrás. Si la hubiera mirado antes de irse, habría adivinado en sus ojos el fuego del deseo.

–Debo de estar volviéndome loca –murmuró ella para sus adentros con un suspiro.

Capítulo 6

SOY un imbécil –murmuró Jack para sus adentros mientras se alejaba en su coche.

Sabía que tenía que volver a la oficina, donde siempre le esperaba trabajo pendiente. Sin embargo, condujo hasta la playa de Balmoral, apagó el móvil y se quedó allí un buen rato, dándole vueltas a la cabeza. Cuando ya no podía pensar más, hizo algo todavía más improductivo. Se fue a ver a su madre.

Ella estaba en casa, por supuesto. Hacía poco, había añadido la agorafobia a su lista de trastornos de ansiedad. En el último año, solo había salido el Día de la Madre y por su cumpleaños. Jack había intentado llevarla con él a la playa, a Vanuatu en marzo, pero no lo había conseguido.

–¡Jack! –exclamó su madre, sorprendida de verlo.

Tenía muy buen aspecto, observó él. Y estaba muy bien vestida. A veces, cuando iba a visitarla, lo recibía en bata y sin arreglar.

–No sueles visitarme entre semana –señaló ella–. ¿Es que pasa algo?

–No –mintió él. No tenía sentido hablarle a su madre de sus problemas personales. No quería disgustarla–. Pasaba por aquí y he pensado en venir a verte.

–Qué amable. Entra. ¿Quieres café? –ofreció ella, conduciéndolo a la cocina.

–De acuerdo.

La cocina estaba muy recogida, más limpia de lo normal, pensó Jack. Desde que su padre había muerto, el estado de su cocina se había convertido en un indicador de lo deprimida que se encontraba su madre. Ese día, a juzgar por lo reluciente que estaba el fregadero y la encimera, ella no debía de estar pasando un mal momento.

–¿Vas a salir? –preguntó él, sentándose a la mesa.

–Pues sí –afirmó su madre–. Pero no hasta las cinco. Jim, el vecino de al lado, me ha invitado a cenar. Vamos a ir a un restaurante en Palm Beach.

Jack no pudo ocultar su sorpresa porque ella saliera y, más aun, aceptara la invitación de un hombre.

–Sí, sí, lo sé. Hacía mucho que no salía. Pero me he cansado de estar encerrada y empecé a charlar con Jim la semana pasada, cuando los dos estábamos cuidando las plantas del jardín –explicó ella–. Es muy fácil hablar con él y, cuando me invitó a su casa a tomar un té, acepté. Luego, me invitó a cenar y también he dicho que sí. Sé que es un poco mayor que yo, pero es tan amable que he pensado que no tengo nada que perder por salir con él.

–Claro, mamá. Me parece genial.

–¿Sí? –repuso ella, llevando la taza a la mesa–. ¿De verdad?

–Seguro. Jim es un hombre decente –opinó Jack, que lo conocía desde hacía años.

–Me alegro de que lo apruebes, porque no es la

primera cita que tengo con él. Hemos estado saliendo a cenar casi todos los días de esta semana.

–Vaya. Ese Jim no pierde el tiempo.

Su madre se sonrojó.

–Me alegro por ti, mamá. Por los dos.

–No queremos casarnos –le confesó su madre en un susurro–. Solo queremos hacernos compañía.

–Hacía años que no te veía tan feliz.

Su madre lo miró con ojos radiantes.

–Ahora tengo que subir a ponerme el maquillaje, Jack. Quédate y termina el café, pero prefiero que no estés cuando venga Jim a recogerme. No quiero que me pongas en una situación embarazosa ni digas algo indebido.

–¿Quién? ¿Yo?

–Sí, tú. A veces, no tienes nada de tacto –repuso su madre.

–¿Yo?

–Sí, tú –repitió su madre y lo besó en la frente–. Eres un buen hijo y yo te quiero. Pero, por favor, llámame por teléfono antes de venir la próxima vez. Puede que tenga compañía.

Jack salió de casa de su madre con una sonrisa.

Sin embargo, enseguida sus pensamientos volvieron a centrarse en Vivienne.

Mientras atravesaba el tráfico atascado de hora punta para regresar al centro, repasó todos los acontecimientos del día, hasta el beso que él le había dado. Entonces, comprendió que, si ella aceptaba redecorar El Capricho de Francesco, era más que posible que él terminara haciendo algo más estúpido todavía.

Su relación laboral podía irse al traste, caviló. Y él no quería eso. Valoraba a Vivienne como profesional y la respetaba como mujer. Pero no podía negar que, ese día, se había sentido abrumado por el deseo. Y, para colmo, había terminado besándola.

—Maldición —rugió él en voz alta, recordando el momento en que sus labios se habían tocado y había sentido la urgencia de tomarla entre sus brazos y besarla en profundidad. Entonces, había tenido que echar mano de toda su fuerza de voluntad para resistirse a la tentación. Y dudaba que pudiera lograrlo una segunda vez.

Por supuesto, no pensaba volver a besarla. Aunque era muy probable que siguieran invadiéndolo los pensamientos más libidinosos acerca de ella.

Como no quería pasarse el día siguiente con una erección perpetua, Jack pensó en salir esa noche y llevarse a la cama a alguna desconocida.

Sin embargo, la idea no le resultaba demasiado atractiva. Lo que él quería era tener sexo con una mujer que le gustara de veras. Una mujer con hermosos ojos verdes, pelo largo y moreno y unos pechos que podían volver loco a cualquiera.

Dándole un golpe al volante, maldijo en voz alta.

Su frustración no hizo más que crecer hasta llegar a su piso. Allí se quitó la ropa y se metió bajo la ducha caliente. A los pocos minutos, abrió el grifo del agua fría y se quedó allí, dejando que su cuerpo se quedara helado. Aunque eso no funcionó para enfriar sus pensamientos. Seguía deseando a Vivienne con más intensidad de la que nunca había deseado a ninguna mujer.

Para un hombre acostumbrado a conseguir sus objetivos, le exasperaba no poder tener lo que quería. Jack deseó haber nacido en la época de los hombres de las cavernas. Así, no habría tenido más que agarrar a Vivienne de los pelos, llevársela a su cueva y poseerla hasta dejarla sin sentido.

Al imaginarse lo que le pasaría si hiciera eso con Vivienne, soltó una carcajada. No tendría que esperar a que la ley lo castigara, ella misma lo mataría a la primera oportunidad, pensó.

¡Lo que daría por poder tenerla en su cama! Y no una vez, sino de forma habitual.

Cuando salió de la ducha, Jack había tomado dos decisiones. Primero, no iba a ir a buscar a ninguna desconocida para tener sexo esa noche. Y dos, no le importaba el tiempo que necesitara ni lo que tuviera que hacer para lograrlo, pero antes o después Vivienne Swan se convertiría en su amante.

Capítulo 7

YA TE dije que el carpintero llegaría a tiempo –señaló Jack, se puso las gafas de sol y arrancó su Porsche.

Vivienne le dedicó una sonrisa y se puso sus gafas de sol también. Después de haber dormido catorce horas seguidas, se había levantado a las seis de la mañana recuperada y con la decisión de tomar las riendas de su vida una vez más. Y eso incluía no derrumbarse por las mentiras de Daryl y no albergar más fantasías estúpidas acerca de Jack Stone.

Cuando le había abierto la puerta esa mañana, por suerte, había sido capaz de hacerlo sin pensar con quién habría pasado él la noche. Sí, seguía encontrándolo muy atractivo. Estaba imponente con vaqueros ajustados, camiseta blanca y chaqueta informal, pero no tuvo que esforzarse para no imaginárselo desnudo.

Tampoco le resultó un reto sentarse a solas con él en su coche. Se sentía relajada y descansada. Al parecer, estaba volviendo a ser ella misma, se dijo Vivienne, dando gracias al Cielo.

–Te llamaré la próxima vez que necesite alguna reparación en mi casa. Parece que tienes muy buenos contactos –comentó ella.

–Llámame siempre que quieras.

Vivienne frunció el ceño ante su inesperada amabilidad. Ella prefería que siguiera siendo tan brusco como había sido antes. Así, le resultaría más fácil no sentirse atraída por él.

–¿Te importa si te hago una pregunta personal? –inquirió Jack.

–¿Cómo de personal? –replicó ella, frunciendo más el ceño.

–Es sobre Daryl.

–¿Qué pasa con Daryl?

–Solo lo he visto una vez, en la fiesta de Navidad del año pasado. No consigo entender qué hizo para que te enamoraras de él.

A Vivienne le llamó la atención que, como ella, Jack pensara que Daryl la había engatusado a propósito.

–Suena como si no te cayera muy bien.

–Eso podríamos decir.

–¿Por qué? Solo hablaste con él unos minutos esa noche.

–No necesito mucho tiempo para hacerme una opinión de las personas –contestó Jack, encogiéndose de hombros.

–En ese caso, ¿cuál es tu opinión?

–Me pareció un zalamero. Tenía encanto, pero era muy superficial. Nunca confiaría en él para nada.

–¡Vaya! ¡Sí que te cayó mal!

–Sí. Pero es obvio que a ti te gustaba.

–Bueno... sí. Yo lo amaba.

A Jack le gustó que utilizara el tiempo pasado. Quería que ella se diera cuenta de la clase de tipo con el que había estado a punto de casarse. Necesitaba que lo dejara atrás y que estuviera abierta a un nuevo futuro.

Jack no era un hombre demasiado paciente. Nada más ver a Vivienne esa mañana, su deseo había crecido, a pesar de que ella se había puesto un sencillo y andrógino traje de chaqueta negro y un moño. Él sabía cómo le quedaba el pelo suelo. Y cómo eran sus pechos.

–¿Por qué, Vivienne? –insistió él–. ¿Por qué lo querías? ¿No será porque era guapo?

–No –negó ella, a pesar de que Daryl era un hombre muy guapo–. Era por la forma en que me trataba.

–¿Te decía todo lo que querías oír? Los estafadores son muy buenos mentirosos, Vivienne. Y expertos halagadores.

–Es verdad –admitió ella. Daryl no había dejado de halagarla y, muchas veces, se había pasado. Al reconocer cómo se había dejado engañar por él, se puso furiosa de nuevo. ¿Cómo podía haber sido tan estúpida?–. ¿Te importa si dejamos de hablar de Daryl?

–Lo siento. ¿Quieres que me calle y no diga nada? Pero es un viaje muy largo. Va a ser un poco aburrido hacerlo en silencio. Puedo poner música, si lo prefieres. Tengo montones de canciones.

–¿Qué clase de canciones? –preguntó ella, deseando dejar de pensar en Daryl. No era un tema que mereciera la pena.

Durante un momento, Jack se arrepintió de haber hablado de Daryl. No había conseguido más que ponerla tensa. Era obvio que ella seguía enamorada de ese cerdo. Y le irritaba pensar que, tal vez, la razón era que Daryl había sido muy bueno en la cama. Aunque... ¿qué le importaba? A él, el sexo tampoco se le daba nada mal.

Jack confiaba en que, si conseguía seducir a Vivienne, ella se iba a despertar satisfecha por la mañana. Aunque lo cierto era que no quería seducirla. Eso implicaba manipularla con dulces palabras y él nunca había soportado a los mentirosos ni a los manipuladores. Si, alguna vez, le había dicho a una mujer que era guapa, había sido porque así lo había pensado. Siempre había llamado a las cosas por su nombre y había sido más un hombre de acción que un buen conversador.

De todas maneras, el día anterior había hablado más con ella que con ninguna mujer en los últimos años. Incluso le había contado su historia familiar y le había hablado de su madre. Por eso, en ese momento, pensó que lo mejor era olvidarse de la música y esforzarse en mantener una conversación fácil para los dos.

–¿A que no adivinas lo que ha hecho mi madre?

Vivienne lo miró, sorprendida por su repentino cambio de tema.

–Esto... no. Ni idea. ¿Qué?

–Se ha convertido en amante de su vecino.

–¡Cielos! Espero que no sea amiga de la esposa de él. Eso no está bien.

–No, no. Jim no está casado. Es viudo.

–Entonces, no son amantes, ¿no crees? Para mí, un amante es algo ilícito o secreto.

–Bueno, pues digamos que son muy buenos amigos. No están enamorados ni nada de eso.

–¿Cómo lo sabes?

–Me lo ha dicho mi madre. ¿Y sabes otra cosa? Nunca la había visto tan feliz. Es lo mejor que le ha pasado en muchos años.

–¿Y cuándo te has enterado? –preguntó ellà.

–Ayer por la tarde. Fui a verla cuando te dejé. Ella le sonrió.

–La quieres mucho, ¿verdad? Y te preocupas por ella.

–Una madre que vive sola puede ser toda una preocupación, sobre todo, si es emocionalmente frágil.

–Sí, es verdad.

Jack percibió un toque de ironía en el comentario de Vivienne. Quizá su madre también fuera viuda. O divorciada. Aunque recordó que Marion había dicho que había heredado hacía poco. Eso significaba que alguien había muerto en su familia. ¿Pero quién?

–Lo dices como si hubieras vivido algo parecido. ¿Es que tu madre también es emocionalmente frágil?

–Sí, sí. Mis padres se divorciaron cuando mi madre era muy joven y nunca lo superó. Murió de un ataque al corazón hace un par de años –explicó ella, esperando que Jack se diera por satisfecho y no le hiciera más preguntas sobre la muerte de su madre. Si le contara la verdad, sería como abrir la caja de Pandora, que era mejor mantener bien cerrada.

–Lo siento. ¿Y tu padre?

–Dejó a mi madre cuando yo tenía seis años. Se fue al extranjero y nunca volvió.

Jack la miró atónito.

–¿Qué clase de hombre haría eso?

Vivienne se encogió de hombros, pues no quería ahondar en el tema.

–Al menos, nos dejó mucho dinero antes de irse. Le dio a mi madre todo lo que había acumulado en sus diez años de matrimonio: la casa, los muebles, dos coches y una cuenta bancaria para mantenerme hasta los dieciocho años.

–¡Era lo menos que podía hacer! –exclamó Jack–. También debería haberse mantenido en contacto contigo. ¿Tienes más hermanos?

–No, soy hija única –repuso ella y respiró hondo, tratando de mantener la calma ante los desagradables recuerdos que amenazaban con invadirla.

–No deja de sorprenderme cómo algunos hombres pueden desaparecer y darle la espalda a sus familias, sobre todo, a sus hijos –comentó él, meneando la cabeza–. ¿Por qué tener hijos, si no vas a amarlos y a cuidarlos? –añadió y dio un brusco volantazo–. ¿Has visto eso? Ese imbécil del cuatro por cuatro casi se me echa encima.

Vivienne respiró agradecida porque hubiera aparecido el imbécil del cuatro por cuatro y hubiera interrumpido aquella conversación.

–¿Cuánto tiempo tardaremos en llegar a Port Stephens? –preguntó ella, aprovechando la oportunidad para cambiar de tema.

–Bueno... Estamos a punto de entrar en la autopista. El domingo tardé dos horas y media desde aquí, pero no paré en ningún sitio.

–No tienes que parar por mí –replicó ella–. He desayunado bien, así que puedo aguantar hasta la hora de comer.

–Yo también he desayunado fuerte, pero había pensado hacer una parada para tomar café en Raymond Terrace, si te parece.

–No lo conozco. Nunca he venido por este camino.

–¿De verdad?

–Lo cierto es que no he viajado mucho. Nunca he salido de Australia –admitió ella.

–Yo tampoco soy muy viajero. Cuando quiero tomarme unas vacaciones, elijo sitios que no estén muy lejos en avión, como Bali, Vanuatu o Fiji. Ya sabes, soy un hombre muy ocupado.

–Quizá es hora de que te tomes las cosas con más calma –sugirió ella.

–Estoy de acuerdo. Esa es una de las razones por las que he comprado El Capricho de Francesco.

–El Capricho de Francesco –repitió Vivienne, pensativa–. ¿Sabes por qué le pusieron ese nombre?

–El agente inmobiliario me dijo que Francesco era el nombre del italiano que construyó la casa en los años setenta. Lo de capricho lo entenderás cuando la veas, la construcción es magnífica. Supongo que nuestro italiano tenía una familia muy numerosa. Murió hace un par de meses, a la edad de noventa y cinco años. Dejó la casa a dos bisnietos que viven en Queensland y querían venderla cuanto antes.

–Estoy deseando verla.

–Y yo enseñártela.

Capítulo 8

TARDARON más de lo previsto en llegar a Port Stephens, pues tuvieron que parar media hora en la salida de Newcastle. Jack respondió varias llamadas de trabajo y Vivienne aprovechó para charlar con Marion, que se alegró de saber que su amiga iba a volver a trabajar, aunque no fuera con Classic Design.

Después de Raymond Terrace, tardaron cuarenta minutos en llegar a Nelson Bay, el pueblo más grande de Port Stephens, donde recogieron las llaves en la inmobiliaria. A continuación, se dirigieron hacia El Capricho de Francesco, mientras Vivienne no dejaba de disfrutar de las hermosas vistas.

Pero fue la casa lo que más la impresionó. Se alzaba majestuosa sobre una colina, impregnada de estilo mediterráneo. Los cimientos eran color salmón y tenía más arcos y columnas de los que Vivienne había visto jamás en ningún convento o museo.

—¡Cielos! —exclamó ella, mientras Jack se acercaba en el coche.

—Es bastante espectacular, ¿verdad? —comentó él, sonriendo.

—No es la casa tradicional de vacaciones australiana, tengo que admitirlo. Es una loca mezcla de villa Toscana y palacio griego. ¿Cómo es por dentro?

—La decoración está muy pasada de moda. Créeme, no vas a aburrirte con el trabajo. Pero las vistas son increíbles, Vivienne. Son lo mejor.

—¡Es enorme! —observó ella, según se iban a acercando y podía apreciar mejor sus dimensiones—. ¿Estás seguro de que quieres comprar un sitio tan grande? Quiero decir... sería más lógico si estuvieras casado y tuvieras una gran familia, como Francesco.

Jack se encogió de hombros.

—Tengo dos hermanas casadas con cinco hijos entre ambas. Y una madre con amante. Ellos también usarán la casa. Aunque, si te soy sincero, no la he comprado para ellos. La quiero para mí —confesó él—. En cuanto me asomé a uno de sus balcones, supe que quería vivir aquí—. Quizá no de forma permanente, pero sí los fines de semana y las vacaciones. Igual piensas que estoy loco, pero no puedo evitarlo. No intentes convencerme de que me eche atrás, Vivienne —añadió—. La compra está cerrada.

La parte trasera de la casa tenía varios garajes y la entrada principal, dos enormes puertas de bronce. Jack paró delante de ella.

—Deja eso —señaló él cuando Vivienne iba a tomar su bolso—. No quiero que nos interrumpa ninguna llamada de teléfono. Yo también dejaré el móvil aquí.

—¿Y mi cámara? Me gustaría tomar fotos.

—Nada de fotos en tu primera visita. Solo tus ojos. Ven.

Ella obedeció. Si aceptaba el trabajo, iba a tener que morderse la lengua a menudo, pensó. Jack era demasiado autoritario.

–Prepárate. La primera parte de la casa no está mal –advirtió él, mientras abría las puertas.

–¿Que no está mal? –repitió ella, asombrada al entrar. El vestíbulo era una magnífica sala con techos abovedados y suelo de mármol y una elegante escalera curva a cada lado que conducía a la primera planta. Delante, había un atrio de columnas y, más allá, una piscina cubierta que parecía interminable–. Impresionante.

–Sí. La piscina parece sacada de Hollywood –señaló él–. Quiero instalar paneles solares para calentarla. Pero tú no tienes que ocuparte de eso. Tu trabajo sería decorar las habitaciones, que son muchas y variadas –indicó–. A cada lado de la piscina, hay una suite de tres dormitorios –explicó, llevándola de la mano hasta allí–. En los últimos años, Francesco solía alquilarlas para el verano, hasta que se puso enfermo. Entonces, se retiró al piso de arriba y la casa empezó a deteriorarse.

–A mí no me parece tan deteriorada –comentó ella, tratando de mantener la atención en la casa y no en la mano de Jack. Intentó apartarla con suavidad, pero él la apretó con más fuerza, impidiéndoselo. Al instante, una corriente eléctrica la recorrió, haciendo que se le endurecieran los pezones.

¡Y ella que había creído haber superado aquella insana atracción sexual!

–Supongo que el agente inmobiliario contrató a un equipo de limpieza antes de poner la casa en venta –dijo Jack, dirigiéndose con Vivienne a las habitaciones–. Los bisnietos de Francesco se llevaron los muebles que querían, así que las habitaciones quedaron medio vacías y la casa con un aspecto un poco desolado. Creo que, por eso, no resultaba muy atractiva a los compradores y conseguí que me hicieran un buen precio. Pero lo mejor son las vistas. Ven a verlas.

Por suerte, Jack le soltó la mano cuando llegaron al balcón bañado por el sol. Vivienne aprovechó para separarse un poco de él y se apoyó en la barandilla.

Las vistas eran tan espectaculares como Jack había prometido. Además de ser hermosas, el panorama parecía abarcar el infinito. Se sentía como si estuviera en la cima de una montaña. Port Stephens se veía enorme desde allí. Y precioso y azul, sobre todo en aquel día tan soleado.

No obstante, a pesar de que el paisaje era impresionante, Vivienne seguía concentrada en la sensación de calor que había invadido todo su cuerpo cuando Jack le había dado la mano hacía un momento. No quería ni pensar lo que le pasaría si él la besaba o la tocaba de forma más íntima.

Aunque sabía que eso no era probable, solo de imaginarlo se sentía excitada.

–¿Y bien? –preguntó él–. Las vistas son increíbles, ¿verdad?

Vivienne apretó los dientes, aferrada a la barandilla, y se giró hacia él.

–Más que eso, Jack –afirmó ella, esforzándose por disimular su inquietud. Por otra parte, era una suerte que llevara gafas de sol para esconderse tras ellas, pensó–. Supongo que, si tuviera el dinero, también querría comprarlo. Las vistas son muy tentadoras.

–Son mejores todavía desde el piso de arriba. ¿Vamos?

¿Qué podía decir ella? Si se negaba a acompañarlo y si se negaba a hacer el trabajo, ¿qué razón iba a darle? No podía confesarle que estaba colada por él. ¡Iba a pensar que se había vuelto loca! De hecho, ella ya lo pensaba.

–¿No deberías enseñarme primero las habitaciones de abajo?

–Eso puede esperar. Vamos.

–Ve tú delante –indicó ella y se apartó, antes de que pudiera darle la mano de nuevo–. Yo te sigo.

Seguir a Jack no estaba exento de problemas. A Vivienne le costó apartar la vista de su hermoso trasero, sobre todo, al subir las escaleras. Desesperada, bajó la cabeza hasta llegar a la planta de arriba, que se abría en un vestíbulo circular, coronado por una intrincada lámpara de araña.

–Imagino que aquí tenía Francesco su galería de arte privada –comentó él–. Pero, como ves, no queda ningún cuadro –añadió, señalando las marcas vacías que habían quedado en las pareces.

–¿Te gustaría seguir dedicando este espacio como exposición de obras de arte? –preguntó ella, esforzándose por centrarse en los negocios.

–Decídelo tú –repuso él, encogiéndose de hombros–. Sé que me gustará hagas lo que hagas.

Cielos, pensó Vivienne. Se encontraba contra la

espada y la pared porque, en realidad, quería hacer ese trabajo. Quería transformar El Capricho de Francesco en la casa ideal para Jack. Su fe en ella era muy halagadora. Y la casa le suponía un reto irresistible. Era imposible negarse. Aun así, sabía que debería hacerlo. No era buena idea trabajar junto a Jack. ¡Ciertas partes de su cuerpo no dejaban de advertírselo!

–Por aquí –indicó él, abriendo unas puertas dobles de cristal.

Vivienne entró en un gigantesco salón que podía ser fabuloso con la decoración adecuada. De inmediato, se imaginó la sala sin aquel horrible papel de pared, pintada de blanco y con muebles modernos. La chimenea de mármol podía quedarse, pero el resto tendría que ser reemplazado, sobre todo, las feas cortinas de encaje que cubrían las puertas del balcón.

–Adivino que tu cabecita decoradora está ya funcionando –dijo él con una sonrisa–. Pero lo primero es lo primero. ¡Las vistas!

Incluso antes de salir al balcón, Vivienne podía ver que, desde allí, el panorama era todavía más impresionante que desde el balcón de abajo. Consiguió pasar junto a Jack, que seguía parado delante de la puerta del balcón, sin rozarlo, y se apresuró a agarrarse a la barandilla como si le fuera la vida en ello. Sin embargo, en cuanto se apoyó en ella, sucedió algo inesperado.

Capítulo 9

JACK se dio cuenta de que la barandilla estaba
cediendo un instante antes de que Vivienne gri-
tara. Como el rayo, se abalanzó hacia allí y
agarró a Vivienne, que había empezado a perder el
equilibrio. Lo primero que agarró al principio fue
su chaqueta, pero bastó para impedir que cayera al
precipicio que había debajo. Las gafas de ella sí ca-
yeron, desapareciendo en el abismo. Entonces, la
sujetó de la cintura y la apartó del borde del balcón.
Vivienne se apretó contra él, temblando y, al momento, rompió en histéricos sollozos.

En esa ocasión, Jack no titubeó en consolarla,
apretándola entre sus brazos.

—Ya está —murmuró él, acariciándole con suavidad la nuca—. Deja de llorar. Estás a salvo.

Sin embargo, Vivienne no dejó de llorar. Parecía
un torrente sin fin. Jack sospechó que su repentino
escarceo con la muerte había destapado emociones
más profundas. Quizá, ella estuviera llorando por lo
que le había sucedido en el último mes.

En cualquier caso, no era buena idea tenerla tan
cerca, pensó Jack. Su cuerpo estaba empezando a
reaccionar sin remedio. El sentido común le aconse-
jaba apartarse, sin embargo, parecería un hombre sin

corazón si la soltaba mientras lloraba con tanto desconsuelo. Lo único que podía hacer era apartar un poco las caderas y rezar para que no notara su erección.

Las cosas empeoraron, no obstante, cuando Vivienne le abrazó y apoyó la cabeza en su hombro. De esa manera, él podía sentir sus pechos y la calidez de su aliento en el cuello. Cuando, por fin, dejó de llorar, él intentó apartarse un poco, pero era imposible por la forma en que lo estaba agarrando.

—Vivienne —dijo él con brusquedad.

Ella alzó la cabeza, mirándolo con extraña intensidad. Acto seguido, hizo algo que él no esperaba. Apoyó las manos en su pecho, se puso de puntillas y lo besó en la boca.

Al momento, Jack echó hacia atrás la cabeza y ella bajó la vista, soltándolo.

—Lo siento. Pensé... pensé... —balbuceó ella—. No importa. Es obvio que me equivoqué —añadió, dando unos pasos atrás.

—No. No te has equivocado. No he dejado de desearte desde que te vi desnuda ayer en el baño. No esperaba sentir eso por ti, pero no puedo negarlo —confesó él—. Quiero llevarte a la cama más que nada. Pero no así, Vivienne. Ese beso no era para mí.

—¿Qué quieres decir?

Jack suspiró, mientras se quitaba las gafas de sol.

—El beso que me has dado no ha sido más que una reacción instintiva a lo que te acaba de pasar, un deseo de sentirte viva.

—No —negó ella sin dudarlo—. Ese beso era para ti —continuó, ante la atónita mirada de él—. No entiendo el porqué de esta repentina atracción sexual que siento por ti. Si te digo la verdad, hasta ayer, ni siquiera me caías bien. Es muy raro, pero ayer empecé a tener fantasías contigo y no he podido parar.

–¿Qué clase de fantasías?

–Yo... yo... –balbuceó ella, meneando la cabeza–. Lo único que puedo decirte es que quiero que me hagas el amor.

Jack hizo todo lo que pudo para controlarse. A pesar de que se moría por comprobar si sus palabras eran ciertas, si quería tener una relación con Vivienne, debía mostrar algo de respeto y comprensión hacia lo vulnerable que se encontraba ella en el presente. Si apresuraba las cosas y se la llevaba a la cama extra grande que había en el dormitorio principal, Vivienne podía arrepentirse después. Aunque la tentación era casi irresistible...

–Diablos, Vivienne, no deberías decirme esas cosas.

–¿Por qué no? Es una locura, lo sé. Pero es verdad. Bésame, Jack.

–Si te beso, no podré parar –advirtió él, notando cómo crecía su erección.

Sin decir nada, ella cerró los ojos y entreabrió los labios.

Con un gemido, Jack la tomó entre sus brazos y la besó con pasión, sujetándole la cara con las manos.

Vivienne se rindió a él, derritiéndose contra su erección. Eso no hizo más que avivar el deseo de Jack, que la besó en profundidad.

Entre gemidos de placer, ella le chupó la lengua, lo que hizo que él se la imaginara haciendo eso mismo con otras partes de su cuerpo. Sin duda, aunque parecía fría en la superficie, Vivienne debía de ser una mujer ardiente y apasionada en la cama, pensó. Era la candidata perfecta para ser su amante. O, incluso, su novia, si eso era lo que ella quería. A él no le importaba demasiado, con tal de tenerla en su cama de forma habitual.

Cuando apartaron sus bocas, Vivienne lo miró con sus intensos ojos verdes.

–No digas ni una palabra –ordenó él–. Antes de nada, quiero dejar un par de cosas claras.

Ella se quedó callada.

–No quiero que esto sea una aventura de un día. Me gustas mucho, Vivienne. Y quiero más que eso –confesó él–. Dime qué piensas tú para no hacer planes por anticipado. Si no te gusto lo bastante como para mantener una relación conmigo, es mejor que, después de esto, cada uno siga su camino. Porque, si cruzamos esta línea, no podremos trabajar juntos a menos que también durmamos juntos.

Jack esperó que a ella no le pareciera una especie de chantaje, ni mucho menos, acoso laboral. Solo quería decirle lo que pensaba. No era su jefe todavía. Pero quería serlo, sobre todo, en el dormitorio.

Solo de pensarlo, la erección de Jack comenzó a resultarle dolorosa.

–No tienes que responderme ahora mismo –prosiguió él, mientras ella lo miraba sin habla, sonrojada.

Entonces, Jack la tomó en sus brazos y la llevó al dormitorio principal.

Capítulo 10

VIVIENNE se agarró a su cuello, presa de un cúmulo de pensamientos contradictorios. Su sentido de la decencia le gritaba que parara en ese mismo momento.

Pero su deseo era más fuerte. El beso de Jack le había dado una pista de lo que estaba por llegar. No solo excitación y placer, sino pura satisfacción. La clase de satisfacción que ella siempre había deseado en secreto y nunca había experimentado.

De alguna manera, en los brazos de Jack, Vivienne sospechaba que él iba a convertirla en una mujer diferente. Sabía que el sexo con él iba a ser salvaje y delicioso. Por alguna extraña razón, se sentía más audaz que nunca en ese aspecto, reconoció para sus adentros, mientras trazaba un camino de besos en el cuello de él y empezaba a chuparlo como si fuera una vampira hambrienta.

Jack la dejó con brusquedad en medio del dormitorio, que no tenía ningún mueble excepto una cama enorme, que parecía nueva.

–¿Tienes idea de lo que se van a reír de mí en el trabajo cuando aparezca con un chupetón? –comentó él, frotándose el cuello después de lanzar su chaqueta a la cama.

Vivienne se quedó callada, tratando de sentirse avergonzada, sin conseguirlo. Aunque tampoco podía imaginar que ninguno de los empleados de Jack se atreviera a reírse de él.

–No te preocupes. Llevaré camisa con cuello durante unos días. Pero, por favor, trata de concentrar esa sensual boca tuya en las zonas de mi cuerpo que suelo llevar tapadas con ropa.

–Sí, jefe –replicó ella, contemplando el magnífico cuerpo de él. Sus anchos hombros, su pecho fuerte y el vientre musculoso la tenían embobada. Pero, sobre todo, le llamaba la atención el enorme bulto que resaltaba dentro de sus vaqueros.

Cuando él se desabrochó los pantalones y se bajó la cremallera, Vivienne contuvo el aliento.

–¿Por qué no te desnudas? –preguntó él, quitándose los pantalones–. No me digas que te has vuelto tímida. Vamos, Vivienne, los dos sabemos que la imagen de ti que proyectas en el trabajo no es tu verdadero yo. Eres una mujer de sangre caliente, cariño.

Vivienne se sentía caliente, sin duda. El rostro le ardía.

–Ah, ya lo entiendo –comentó él con una sonrisa–. Te gusta mirar. Me parece bien –añadió, quitándose los calzoncillos.

Ay, ay. Y ella que había creído que Daryl estaba bien dotado...

Comparado con Jack, Daryl era... Bueno, no había comparación. No era de extrañar que Jack no fuera tímido a la hora de mostrar su cuerpo, pensó Vivienne, sin poder parar de admirarlo.

–Te gusta mirar, ¿verdad? –preguntó él y sacó la cartera de los bolsillos de su pantalón–. Yo no soy muy *voyeur*, pero contigo, querida Vivienne, voy a hacer una excepción.

Vivienne se quedó un poco cohibida cuando Jack sacó un preservativo de la cartera y se tumbó sobre la cama, colocándose el pequeño paquete sobre el pecho. Después de acomodarse con las manos cruzadas debajo de la nuca, se quedó mirándola con gesto tranquilo, como si no estuviera completamente desnudo y con una erección del tamaño de la Torre Eiffel.

–De acuerdo. Estoy preparado. Quítate la ropa. Pero muy despacio, por favor. Quiero saborear cada momento.

Vivienne no se movió, sin embargo, petrificada.

–Vamos, ¿qué estás esperando? Sabes que la paciencia no es una de mis virtudes.

¿Qué estaba esperando?, se dijo ella. Quería quitarse las ropas, no podía negarlo. Quería que él se quedara embobado mirándole los pechos, como había hecho el día anterior. Ansiaba ver cómo le brillaban de deseo sus fríos ojos azules. Y, más que nada, quería olvidarse de todos sus complejos. Jack pensaba que era una mujer de sangre caliente. ¡Era ahora o nunca!

Con manos un poco temblorosas, Vivienne se quitó la chaqueta, muy despacio, como él había ordenado. Aunque no le gustaba pensar que pudiera ensuciarse o arrugarse, la dejó caer al suelo, pues no había sillas en la habitación. Y sintió una extraña sensación de liberación. Cuando empezó a desabotonarse la blusa, se dio cuenta de que ya no temblaba. Su respiración se había acelerado, pero no de nerviosismo, sino de excitación. Jack abría los ojos cada vez más con cada botón. Por supuesto, él no le miraba el rostro. Estaba demasiado concentrado con su pecho.

Lo malo era que llevaba un sencillo sujetador de algodón blanco, recordó Vivienne, en vez de la lencería sexy y atrevida que Jack debía de estar esperando.

Si se lo quitaba lo antes posible, quizá él ni se daría cuenta. No le daba vergüenza enseñarle los pechos pues, por su mirada del día anterior, sabía que le habían gustado. Era curioso pero, por primera vez, no sentía vergüenza al desnudarse delante de un hombre.

Jack siguió con los ojos pegados a su pecho, hasta que la blusa cayó al suelo también. Cuando Vivienne se quitó el sujetador, él entreabrió los labios con la respiración entrecortada.

–¿Te han dicho alguna vez que tienes los pechos más bonitos del mundo?

–No –replicó ella con sinceridad. Daryl le había dicho muchas veces que era hermosa, pero nunca había hablado de sus pechos.

–Me cuesta creerlo. Son increíbles. Podría estar todo el día mirándolos. Pero prefiero tocarlos.

Los pezones de Vivienne respondieron a su comentario poniéndose erectos al momento. Era obvio que querían ser tocados también. Ella se quitó el resto de la ropa con rapidez para que él no se fijara en sus anodinas braguitas de algodón. Tampoco tuvo tiempo para encogerse con pensamientos negativos acerca de sus redondeadas caderas, su estómago un poco blanco o cualquier otro defecto físico que se encontraba a sí misma. Aunque sabía que no a todos los hombres les gustaban las mujeres con curvas.

Su primer novio le había dicho que prefería a las chicas delgadas. Pero le había encantado que Vivienne hubiera sido virgen. Como era de esperar, su relación no había durado y ella había necesitado una eternidad para volver a arriesgar su corazón una segunda vez.

Por suerte, no tenía que preocuparse por su corazón en esa ocasión, pues no estaba enamorada de Jack.

—Eres una mujer muy bella —afirmó él, mirándola con admiración—. Ahora, ven, Vivienne. Ya he mirado bastante.

Vivienne no se había sentido nunca en su vida tan sexy ni tan excitada como en ese momento.

—Ya voy, jefe —repuso él, mientras se acercaba a la cama.

—Mmm. Me gusta que me llames así —susurró él con ojos lascivos.

Por alguna extraña e incomprensible razón, a ella también le gustaba llamarlo jefe. Era raro, pues siempre le había resultado muy irritante su autoritarismo.

—Bien, Vivienne. Ponme el preservativo. No creo que yo pueda hacerlo después de haberte visto desnudarte.

Ella tampoco estaba segura de poder hacerlo.

Nunca había puesto un preservativo a nadie antes. Pero no pensaba confesárselo. Cualquier mujer con un mínimo de experiencia debería ser capaz de ponerle la protección a su amante con los ojos cerrados.

–¿Estás seguro de que te va a caber? –preguntó ella, mirando el pequeño guante de goma.

Jack suspiró.

–Dámelo.

–Sí, jefe –repuso ella y se lo entregó aliviada. Entonces, posó los ojos donde Jack maniobraba para colocarse el preservativo en su imponente erección y se le quedó la boca seca al imaginárselo dentro de ella.

–Espero que te guste ponerte arriba –comentó él cuando hubo terminado–. No suele gustarme ceder el control, pero ahora no me atrevo a tocarte. Estoy demasiado excitado.

Vivienne se mordió el labio inferior. ¿Qué podía decir? Nunca le había gustado sentirse expuesta en la cama, ni siquiera se sentía cómoda colocada arriba. Pero podía hacerlo, se dijo a sí misma, tragando saliva. Solo tenía que pasar una pierna por encima de él y no pensar. Luego, tomar su erección en la mano y... ¡pero era demasiado grande! ¿Y si no le cabía?

Sin embargo, sí le cupo, cuando se deslizó dentro de Vivienne con facilidad, mientras ella iba bajando hasta quedar sentada sobre él. Nunca en la vida se había sentido tan llena, tan completa. Cerró los ojos para saborear aquella deliciosa sensación, gimiendo con suavidad mientras se mecía hacia delante y hacia atrás.

Jack gimió. Tenía aspecto de estar sufriendo una tortura, con la respiración entrecortada y los puños apretados a los lados.

—Deja de moverte así, por favor —pidió él.

—Pero quiero moverme —repuso ella, sin parar.

Entonces, Jack soltó una maldición, la agarró de los hombros y la puso debajo de él con un salvaje movimiento. De esa manera, ella no podía moverse, estaba presa bajo su cuerpo.

—Debería haber imaginado que no ibas a obedecer mucho tiempo —observó él—. Tienes demasiado carácter —añadió con una seductora sonrisa.

—Quizá me guste más así —repuso ella sin pensarlo, sonriendo también con gesto travieso.

—No te creo. Las mujeres de tu experiencia no prefieren la postura del misionero.

Vivienne intentó no reír. Pero tenía su gracia, dado que ella apenas tenía experiencia.

—¿Siempre hablas tanto cuando haces el amor? —preguntó ella.

—Solo cuando necesito controlar mi excitación. No me gusta que las cosas buenas acaben demasiado pronto. Sobre todo, cuando no sé si va a ser nuestra única vez.

—No creo que eso sea muy probable, Jack —replicó ella con ojos brillantes—. Creo que voy a querer probar una segunda vez, teniendo en cuenta tus... indiscutibles atractivos.

—Bueno es saberlo, Vivienne. Pero, por si cambias de opinión, vamos a hacerlo a mi gusto.

Vivienne soltó un grito sofocado cuando él salió

de su interior y, con un abrupto movimiento, la agarró de la cintura y la colocó a cuatro patas.

Cielo santo, pensó Vivienne.

En cuanto Jack volvió a penetrarla, la agarró de los pechos y comenzó a moverse dentro de ella, supo que no podía resistirse. De inmediato, su cerebro dejó de funcionar y comenzó a moverse a su ritmo, meciendo las caderas cada vez más rápido, acercándose al clímax a toda velocidad.

Vivienne nunca había comprendido la idea del placer ligado al dolor, hasta que Jack empezó a apretarle los pezones. Justo cuando ella creía que no iba a poder soportar más tan deliciosa tortura, él le empujó el torso hacia la cama. Así, su cara quedó pegada al colchón y su trasero levantado, haciéndola sentir excitada y avergonzada al mismo tiempo.

Cuando Jack dejó de moverse, ella gimió con frustración, apretando los glúteos mientras él la acariciaba con sus largos y fuertes dedos.

—¿Te gusta esto? —preguntó él con voz ronca.

—Sí —afirmó ella, sumergida en un irresistible placer.

—Entonces, otra vez —repuso él y, sujetándola de las caderas, la penetró de nuevo, con más fuerza y más profundidad.

Vivienne no fue capaz de mantenerse en silencio, como siempre solía hacer cuando tenía sexo. Sus gemidos acabaron convirtiéndose en gritos salvajes de placer, hasta que la invadió el orgasmo, llenándola con poderosas oleadas de éxtasis. Jack rugió casi al mismo tiempo y la apretó con fuerza, estremeciéndose dentro de ella.

Cuando hubo terminado, Vivienne se tumbó en el colchón y suspiró como nunca había suspirado nunca. Llena de satisfacción.

—No te vayas —murmuró él y la besó en la espalda.

Entonces, Vivienne oyó la cadena del baño y el sonido de la ducha y, antes de que pudiera darse cuenta, cayó dormida.

Capítulo 11

CUANDO Jack salió del baño y le preguntó a Vivienne qué quería que comprara de comer, se dio cuenta de que estaba profundamente dormida.

Debía de estar exhausta, pensó, no solo del sexo, sino de todo lo que había pasado en los últimos días. Era mejor dejarla descansar, al menos, por el momento.

Sin hacer ruido, Jack se vistió y salió de la habitación. En la cocina, encontró papel y lápiz y le escribió una nota que, luego, dejó en el dormitorio, junto a la ropa de ella. Tuvo mucho cuidado de no mirar su cuerpo desnudo, para impedir que el deseo lo poseyera de nuevo. Era mejor que comieran algo antes de volver a hacer el amor.

Porque, sin duda, Jack quería repetir. De ninguna manera iba a dejar que Vivienne se negara a convertirse en su amante. Cualquiera podía darse cuenta de lo que ella necesitaba en ese momento. Además de distraerse con el trabajo, precisaba a un hombre que le hiciera el amor con pasión y le ayudara a olvidar a ese bastardo que la había dejado tirada.

Y Jack pensaba que él era el indicado para el papel.

Incluso estaba dispuesto a ofrecerle su amistad, si ella la quería.

Entonces, frunciendo el ceño, recordó que Vivienne le había dicho que antes no le había caído bien. Se preguntó a qué se habría debido, aunque lo importante era que eso parecía haber cambiado. Por su parte, él había hablado con ella más en los últimos días que en los años en que habían trabajado juntos. ¡Hasta le había contado que su madre tenía un amante!

A Jack le gustaba que Vivienne no lo juzgara, sobre todo, por su decisión de no casarse y tener hijos. Ella era como él, práctica y prudente. En todo, menos en lo relativo al idiota de Daryl. ¿Cómo podía haberse enamorado de un tipo tan impresentable? Pronto comprendería que Daryl le había hecho un favor al no casarse con ella.

Justo cuando iba a salir de la habitación, Jack oyó un ruido en la cama. Creyó que Vivienne se había despertado, pero no. Solo se había movido, encogiéndose en posición fetal. Al hacerlo, había dejado al descubierto su provocativo trasero. Conteniendo su deseo, se acercó para taparla con el edredón y quedó cautivado por sus hermosos pechos.

Mientras la admiraba, recordó cuando la había colocado a cuatro patas y le había agarrado los pechos, apretándole los pezones. Recordó cómo Vivienne había gemido y se había mecido con frenesí contra él, hasta llegar al orgasmo con un grito liberador. Había sido increíble el placer que él había sentido al estar dentro de ella en ese momento.

Pero era mejor dejar esos pensamientos para después, se dijo él y salió del dormitorio. En pocos minutos, estaba en su coche, en dirección a un pequeño supermercado que había visto por el camino. Allí encontraría todo lo que necesitaban para el resto del día.

Cuando Vivienne se despertó, estaba sola. No había ningún sonido en la casa, a excepción de los pajarillos que se oían fuera. ¿Acaso Jack la había dejado sola en la casa?, se preguntó con un escalofrío. Sola y desnuda.

Entonces fue cuando vio la nota. Después de leerla, suspiró aliviada. Aunque tampoco había creído que Jack hubiera podido abandonarla. ¿Por qué iba a hacerlo, cuando había matado dos pájaros de un tiro con ella? Por una parte, la necesitaba como diseñadora de interiores, por otra, como pareja sexual. Y, después de cómo había actuado ella en la cama, lo más lógico era que él diera por sentado que iba a someterse a todos sus deseos.

Sin embargo, Vivienne no había estado actuando. Confusa, tuvo que admitir que se había rendido al deseo y a la pasión. Había disfrutado sin inhibiciones de todo lo que habían hecho juntos. Tendría que estar loca para no querer más.

¿Pero por qué nunca había experimentado nada así con Daryl? Después de todo, había estado enamorada de él. Sin embargo, nunca se había dejado llevar en la cama con él como le había sucedido con Jack. Tampoco había llegado jamás al orgasmo con Daryl dentro de ella. No podía ser solo una cuestión de tamaño, caviló. Ella ya había empezado a babear por aquel tipo antes de verlo desnudo.

Era todo muy extraño.

Al oír el sonido de un coche acercándose, Vivienne entró en pánico. Por muy desinhibida que se hubiera mostrado en la cama, no quería que él entrara y la encontrara desnuda todavía.

Tomó sus ropas del suelo y corrió hacia el baño. ¡Y qué baño!

Vivienne sabía que, en algún momento en el siglo pasado, habían estado de moda los baños de colores rosa y negro, pero nunca había visto uno. Meneando la cabeza ante una decoración tan horrible, cerró la puerta y se lavó las manos en el lavabo rosa y se vistió. Cuando se estaba peinando el pelo con los dedos ante el enorme y viejo espejo, alguien llamó a la puerta.

–¿Estás ahí, Vivienne?

–Sí, me estoy vistiendo –repuso ella, sintiendo un repentino ataque de vergüenza y timidez.

–He comprado comida –señaló él, abrió la puerta y entró.

–¿No llamas antes de entrar?

–Lo he hecho.

–Bueno, sí, pero debes esperar a que yo te invite a entrar.

–Mmm. Parece que estás de peor humor. Supongo que te has enfadado conmigo porque me he ido antes de repetir. Lo siento, hermosa, pero además de que necesitaba más preservativos, me temo que un hombre de mi tamaño necesita comer a menudo.

Vivienne se estremeció al pensar en su tamaño. Por alguna razón, sin embargo, no se sentía tan osada como hacía un rato. Por desgracia, parecía que había vuelto a convertirse en la mujer reprimida y contenida de siempre, y eso no le gustaba.

—¿Qué te parece el baño?

—Es horroroso.

—Espera a ver los demás —repuso él, riendo—. El peor es todo marrón con una bañera verde enorme en una esquina.

—¡Cielos!

—La cocina está un poco mejor, siempre que te guste la madera de pino. Por cierto, he dejado allí la comida. Solo he encontrado hamburguesas, patatas y refresco de cola, ¿te parece bien?

Sin esperar su respuesta, Jack le dio la mano y la condujo por el pasillo a una cocina de estilo campero. Los armarios, la mesa y sillas eran de madera de pino, igual que la barra y las banquetas. Vivienne estaba segura de que él esperaba que vaciara toda la casa y la redecorara de nuevo.

—Toma asiento —ofreció él, sacándole una silla. Luego, sacó otra para él y la colocó a una distancia prudencial. Al ver que ella fruncía el ceño, explicó—: Tengo que mantener las distancias contigo hasta que haya comido. No puedo pensar en sexo y comer al mismo tiempo y siempre que estoy a tu lado, preciosa, pienso en sexo.

Vivienne no pudo evitar sentirse halagada por su comentario.

—Me cuesta creerlo —señaló ella, sin embargo.

—Vamos, Vivienne, no puedes engañarme —replicó él con una amplia sonrisa–. Ahora, come y deja de fingir que no tienes tantas ganas como yo de volver a la cama.

Vivienne abrió la boca, pero la volvió a cerrar. Jack tenía razón. No tenía sentido negarlo. Así que comenzó a comer.

Ninguno de los dos habló mientras devoraban las hamburguesas, que estaban deliciosas. Las patatas tampoco estaban mal, doradas y crujientes, pensó Vivienne, suspirando de placer mientras chupaba el refresco por su pajita.

–Esto nos levantará el ánimo para continuar, ¿no crees? –comentó él con una pícara sonrisa.

Ya era un poco tarde para hacerse la difícil, caviló Vivienne. Aunque tampoco quería parecer demasiado ansiosa.

–Había pensado que ibas a enseñarme el resto de la casa primero –señaló ella.

–Pues te has equivocado.

Vivienne lo miró. Esa era la razón por la que nunca le había gustado trabajar para Jack. Era demasiado autoritario. Siempre tenía que imponer su voluntad. Ella lo había tenido que soportar cuando había sido empleada de Classic Design. Pero no tenía por qué soportarlo más.

–¿Y mi opinión no cuenta?

Él sonrió.

–Claro que sí. No quiero forzarte a hacer nada contra tu voluntad. Te respeto demasiado como para eso. ¿Qué quieres hacer, Vivienne? Dedicar una hora a ver la casa o que nos divirtamos más en la cama.

Ella suspiró.

—Eres un diablo.

—Lo tomaré como un cumplido.

—¡Pues no es un cumplido!

—¿Entonces prefieres el tour por la casa?

—Sabes que no. Pero eso no significa que siempre vaya a hacer lo que tú quieras.

—¿Estás segura?

Ella no lo estaba, aunque no iba a admitirlo.

—Tu problema, Jack Stone, es que estás acostumbrado a conseguir siempre lo que quieres.

—Tengo que confesar que me gusta mandar, sobre todo, en el dormitorio.

—Ya me había parecido.

—Y a mí me ha parecido que a ti te gusta así.

Vivienne miró al techo. Era un hombre muy arrogante y lleno de seguridad en sí mismo en lo relativo al sexo. No era de extrañar, teniendo en cuenta su experiencia y lo bien dotado que estaba. Sin embargo, ella no estaba dispuesta a dejar que llevara las riendas de todo.

—Como mujer moderna, espero que, si mantenemos una relación sexual, sea como iguales.

—Me parece justo.

—Y quiero poner mis reglas —añadió ella con firmeza.

—¿Qué clase de reglas?

Vivienne no tenía idea. Era hora de improvisar.

—Primero, siempre usarás preservativo —comenzó a decir ella. No pensaba confesarle que estaba tomando la píldora.

—Estoy de acuerdo. Por eso he ido a comprar una docena —repuso él.

–¡Una docena! –exclamó ella, atónita al pensar que podían usar tantos en una sola tarde.

Jack se encogió de hombros.

–Es mejor pasarse que quedarse corto. Además, los que no gastemos, nos servirán para mañana.

–¿Cómo que mañana? –preguntó ella, parpadeando–. ¿Es que no tienes que trabajar mañana?

–Sí. Pero estaba pensando en llevarte a algún sitio a cenar y, luego, a mi casa.

–Eres incorregible –replicó ella y, en secreto, ansió que llegara el día siguiente–. La segunda regla es que me pidas las cosas, no que hagas planes por mí.

–Ah. Bueno. ¿Quieres venir a cenar conmigo mañana?

–Quizá. Te lo diré después.

–No. Yo también tengo mis reglas. La primera es que, cuando te pregunte algo, me des una respuesta clara y directa. No me gustan los juegos. Entonces, ¿sí o no?

En parte, a Vivienne le gustaba que no fuera la clase de hombre que dejaba que jugaran con él. Pero, por otra parte, tampoco pensaba satisfacer siempre sus deseos.

–Sí a la cena. Después, tendrás que preguntarme de nuevo lo de ir a tu casa. No estoy segura de si voy a querer tener más sexo mañana.

–Me parece bien –decidió él con una sonrisa–. ¿Más reglas?

–Yo... no se me ocurre ninguna ahora. Pero me reservo el derecho a añadir más a la lista si se me ocurre algo importante.

–Lo mismo digo –señaló él y sacó el paquete de preservativos de la bolsa–. De acuerdo, ahora que conozco las reglas y hemos terminado de comer, te lo preguntaré de nuevo. ¿Quieres hacer un tour por la casa o más sexo?

Vivienne tragó saliva. Sabía lo que quería responder, pero no se atrevía.

Jack se levantó y abrió el paquete que tenía en la mano, acercándose a ella.

–Por supuesto, hay una tercera opción. Podíamos combinar las dos anteriores.

Ella se quedó mirándolo, incapaz de hablar.

Él le acarició los labios con un dedo y le introdujo el dedo en la boca. Entonces, Vivienne cerró los ojos y dejó que el deseo más salvaje la poseyera de nuevo. Olvidando de golpe su timidez, comenzó a chupar lenta y sensualmente.

–Lo tomaré por un sí –señaló él con voz ronca.

Capítulo 12

QUÉ crees que estás haciendo? –protestó Vivienne cuando Jack la apuntó con su cámara.

Ella estaba sentada en una de las sillas del despacho, con nada puesto a excepción de su blusa, solo abrochado el botón superior.

–Tomo una foto de mi preciosa novia nueva.

–Pero estoy medio desnuda... Y despeinada.

Él rio.

–No seas tonta. Estás espléndida.

–Lo digo en serio, Jack. No quiero que me hagas fotos así. Y no soy tu nueva novia. Somos amantes, eso es todo.

Jack frunció el ceño. En vez de estar contento porque ella considerara su relación como un mero intercambio sexual, se sintió un poco decepcionado. Después de haber pasado todo el día con ella, quería más que eso.

–No te habría invitado a cenar mañana si quisiera que fuéramos solo amantes –insistió él–. Me gusta estar contigo, Vivienne. Y hablar contigo. Quiero que pasemos tiempo juntos, dentro y fuera de la cama. Creí que era obvio –añadió.

No se habían pasado toda la tarde en la cama. Entre un encuentro sexual y otro, habían hablado sobre la decoración de la casa y Vivienne había tomado fotos de todo.

—A mí también me gusta pasar tiempo contigo, pero...

—¿Cuál es el problema? —interrumpió él—. ¿Ha pasado muy poco tiempo desde lo de Daryl?

La verdad era que ella no había pensado en Daryl en toda la tarde. Aunque, si lo pensaba bien, era muy posible que su cambio de actitud hacia Jack fuera debido al despecho.

Si escuchaba a su sentido común, Vivienne sabía que lo mejor sería dar marcha atrás, pues acordar convertirse en su novia sería un movimiento en falso y no podía causarle más que problemas. Sin embargo, el sexo excelente del que habían disfrutado parecía haberle nublado la mente.

De todas maneras, a pesar de ello, quería aceptar la propuesta de Jack. Si era sincera consigo misma, no se sentía capaz de renunciar a tener más sexo con él. Pero tendría que hacerlo si se negaba a ser su novia. Jack no era la clase de hombre que llevaba bien el rechazo. Incluso era posible que le retirara su oferta de trabajo.

Aunque también podía sugerirle una alternativa...

La idea que se le ocurrió a Vivienne era malvada. Pero tan tentadora que su corazón se aceleró mientras su propuesta cobraba forma. Había muchas probabilidades de que Jack aceptara. Al fin y al cabo, era un hombre. Y lo que ella le quería proponer era la fantasía de todo hombre.

–Por todos los santos, di algo, Vivienne –rogó él–. Ya sabes que odio la indecisión.

–Yo también –repuso ella–. Sí, es demasiado pronto para considerarme la novia de ningún hombre –afirmó. Sobre todo, de un hombre que se había confesado incapaz de comprometerse, pensó–. Tú y yo sabemos que lo que hemos estado haciendo hoy no tiene nada que ver con el amor. Yo no estoy más enamorada de ti que tú de mí. Pero no puedo negar que me encanta tener sexo contigo. Más de lo que jamás pensé posible.

Vivienne notó que a Jack no le hacía mucha gracia lo que acababa de decir. Sin embargo, él le había pedido honestidad y eso le estaba dando.

–Puede que te sorprenda lo que voy a sugerirte...

–Dudo que pueda sorprenderme –contestó él con tono seco–. Adelante.

Vivienne se abotonó la blusa y tomó aliento.

–Primero, te diré que me gustaría aceptar este trabajo. Pero, como tú mismo has dicho, sería imposible que trabajáramos juntos y no nos acostáramos. Por eso, mientras dure este proyecto, podemos ser amantes.

–Reconozco que me he equivocado –admitió él, arqueando las cejas–. Me has sorprendido. ¿A qué clase de amante te refieres? ¿Quieres que te instale en un piso con todas las cuentas pagadas, a cambio de que tú hagas todo lo que yo quiera cuando yo quiera?

–No soy esa clase de chica.

–Qué alivio.

–Con amantes, me refería a mantener nuestra relación en secreto. No quiero que nadie sepa que nos acostamos.

–¿Por qué no?

–No me gustaría.

–¿Por qué?

–Porque mi familia y mis amigos me harían preguntas que no querría responder.

–¿Te preocupa que piensen mal de ti?

–Sí, claro –repuso ella. Además de que apenas acababa de terminar su relación con Daryl, sus amigos sabían que nunca le había caído bien Jack. Podían pensar que había perdido los estribos.

–No tendrías que preocuparte por eso si fueras mi novia.

–Pero no quiero ser tu novia –insistió ella, irritada y frustrada–. Solo quiero tener sexo contigo, ¿de acuerdo?

–De acuerdo –aceptó él, aunque no parecía muy satisfecho–. ¿Dónde?

–¿Cómo que dónde?

–Supongo que no querrás que nos encontremos en tu casa, pues tu amiga Marion te haría preguntas que no quieres responder. Eso nos deja mi casa o un hotel.

Cuando Vivienne se sonrojó, Jack no supo qué pensar. Esa mujer estaba llena de contradicciones, se dijo. Igual que él mismo. ¿Por qué no le hacía feliz la idea de que fueran solo amantes?, se preguntó. No tenía sentido. Quizá fuera solo su ego lo que se estaba resintiendo ante la propuesta de ella.

Debía pensar en la parte positiva. Iba a poder tener sexo con ella, sin complicaciones, ni compromisos. No había necesidad de hablar de amor. Sin duda, lo mejor era dejar de lado sus sentimientos y afrontar la oferta de Vivienne con pragmatismo.

–Parece que no te gustan las alternativas –comentó él–. Igual prefieres reconsiderar la idea de que te compre un lujoso apartamento. Puedo permitírmelo y solucionaría el problema de dónde quedar.

Por una parte, Vivienne pensó en aceptar para tener solucionado el problema del lugar, pero sabía que hacerlo iría contra sus principios. No quería sentir que Jack estaba pagándole por tener sexo con él.

–Como te he dicho, no soy esa clase de chica. Mira, se me ocurre otra opción.

–De acuerdo –dijo él, conteniendo un suspiro–. Dispara.

Capítulo 13

ES LA mejor noticia que podías haberme dado –indicó Marion.

Las dos amigas estaban tomando café en la cocina de Vivienne. Ahorrándole los detalles sexuales, ella le había contado que había aceptado la oferta de trabajo de Jack y que viviría en El Capricho de Francesco hasta que terminara su decoración.

Al principio, Jack se había mostrado un poco reticente ante su propuesta, pero había aceptado cuando Vivienne le había señalado que podría ir a verla todos los fines de semana y concentrarse en su trabajo en los días de diario. También, le había prometido estar a su disposición sexual esos dos días.

Al llegar a su casa por la noche, Vivienne había dormido como un tronco y, por la mañana, se había levantado como nueva.

Estaba deseando volver a ver a Jack. Él le había prometido llevarla a algún sitio discreto, aunque siempre podían explicar su cita como una cena de trabajo. Después de todo, ella iba a ser su empleada.

Su cuerpo subió de temperatura al recordar todo lo que Jack le había pedido el día anterior. Había experimentado con posiciones nuevas para ella... y había disfrutado mucho. Nunca había pensado que la mujer pudiera ponerse arriba y de espaldas a su amante. Y le había encantado probarlo. De esa manera, había podido perderse en el placer que la había invadido, sin preocuparse por que él viera su rostro. ¿Habría gritado al llegar al orgasmo? Sí, estaba segura de que sí.

Cielos.

Vivienne tragó saliva.

—Así podré irme la semana que viene sin preocuparme por ti —señaló Marion.

—¿Qué? ¿Es que te vas?

—Me voy a Europa de vacaciones, ¿no lo recuerdas? —explicó su amiga—. Iré a Londres a ver a mi familia, a París y, luego, de crucero por el Rin. Estaré fuera casi seis semanas. Hace tanto tiempo que no me voy de viaje... Lo estoy deseando. Pero sigue contándome tú. ¿Cómo es esa casa que vas a decorar? ¿Cómo se llamaba?

—El Capricho de Francesco.

—Suena muy romántico.

—Nada de eso —repuso Vivienne, riendo. Ella nunca asociaría la casa con el romanticismo, solo con el sexo y la pasión más incontrolable y salvaje—. Tengo fotos, por si quieres verlas —ofreció y, al momento, se arrepintió. No iba a poder ver las fotos sin recordar lo que había hecho en esas habitaciones.

—Va a ser un proyecto largo. Puede que tardes semanas, hasta meses.

—Tal vez —contestó Vivienne. Lo cierto era que no le preocupaba cuánto tardara.

Marion la miró con curiosidad.

–Me sorprendió conocer a Jack Stone. No es el ogro que me habías descrito. Me cayó bastante bien.

–Bueno, sí, puede ser muy amable cuando quiere conseguir algo –opinó Vivienne con sinceridad.

–También es muy guapo.

–Supongo que sí –repuso Vivienne, fingiendo indiferencia.

Por suerte, el teléfono interrumpió la conversación. Al mirar la pantalla, vio que era Jack.

–Hola –saludó ella, obviando su nombre deliberadamente.

–Hola. ¿Has dormido bien? Yo sí.

Marion seguía mirando a su amiga con curiosidad.

–Es Jack –le dijo Vivienne, tapando el auricular–. Gracias por mandar que me arreglaran la puerta tan rápido.

Jack entendió la indirecta de inmediato.

–Ah... hay alguien contigo, ¿no? ¿Marion?

–Muy rápido –repitió ella–. El albañil dijo que vendría mañana con la puerta nueva. ¿A qué hora?

–Espero que no sea a las siete de la mañana. Vas a estar demasiado cansada como para madrugar después de lo que pienso hacerte esta noche.

Vivienne tragó saliva, tratando de no sonrojarse ante sus provocativas palabras...

–A mediodía me parece bien –indicó ella con toda la calma de que fue capaz–. Gracias, Jack. Y gracias por ofrecerme un trabajo tan maravilloso. Estoy deseando empezar.

–Yo, más –replicó él, riendo–. Ahora tengo que

irme. Te recogeré a las siete. Y no te pongas demasiado sexy o no podremos ir a cenar.

–Bien. Gracias. Adiós –se despidió ella y colgó.

–Creo que le gustas –opinó Marion.

–¿Por qué dices eso? –quiso saber Vivienne, dejando el teléfono sobre la mesa.

–Instinto femenino. Podía haber contratado a cualquier otro diseñador de interiores para el puesto, pero vino buscándote a ti.

Aunque le hubiera gustado estar de acuerdo, Vivienne se dijo que Jack solo había tenido el trabajo en mente cuando había ido a buscarla el día anterior. Lo que había pasado entre los dos había sido tan inesperado para él como para ella.

–Sí, bueno, ya sabe cómo trabajo, ¿no te parece? Le gusta lo que hago.

–No me convence. ¿Y sabes qué? –replicó Marion–. Creo que a ti también te gusta él.

–¿Cómo no me va a gustar un hombre que me trae flores y me ofrece un trabajo tan maravilloso? –señaló Vivienne. Por no hablar de los incontables orgasmos, pensó–. Pero tienes razón. Ahora me gusta mucho más que antes.

–Mmm. Está soltero, ¿verdad?

–Sí. Y así quiere que siga.

–¿No tiene novia?

–Sí –afirmó Vivienne tras titubear un momento.

–Ah, qué pena. ¿Cómo es?

–No lo sé. Solo la he visto una vez.

–¿Es rubia?

–No. Pelirroja.

–Como tú. ¿Es guapa? ¿Sexy?

–Creo que Jack piensa que sí lo es –contestó Vivienne, encogiéndose de hombros.

–Pero tú, no.

–Supongo que está bien. Es una chica trabajadora. Diseñadora de interiores, como yo. Jack la conoció a través de su trabajo –explicó Vivienne, arrepintiéndose de haber comenzado aquella mentira.

–Imagino que ella sueña con que Jack le pida que se case con él al final.

–Imagino que sí. La mayoría de las mujeres quieren casarse –opinó Vivienne. Pero ella, no. Solo quería disfrutar de Jack en la cama.

–Y, si es diseñadora, ¿por qué Jack no le ha ofrecido el trabajo a ella? –inquirió Marion, frunciendo el ceño.

–Supongo que para que ella no se hiciera esperanzas de que iban a vivir allí juntos –dijo Vivienne–. Creo que Jack quiere que la casa sea su refugio secreto.

–Entiendo. Entonces, está claro que Jack no piensa casarse con ella. Pobrecita. Se le romperá el corazón, si no tiene cuidado.

–Es la clase de chica que puede cuidarse sola –aseguró Vivienne. Desde hacía mucho tiempo, ella había aprendido a ser independiente y autosuficiente, no por deseo propio, sino por pura necesidad.

Hasta que había conocido a Daryl, claro. Él la había debilitado poco a poco. Y la había cegado con sus dulces palabras.

Jack había tenido razón cuando le había dicho que había tenido suerte de no casarse con Daryl. Su traición seguía haciéndole daño, aunque no tanto como antes. Quizá, porque ya apenas pensaba en él.

—Estás pensando en Daryl, ¿verdad? —adivinó Marion.

—¿Quién?

Marion rio.

—Bueno, eso es un paso adelante.

Capítulo 14

JACK salió a toda prisa de su Porsche a las siete y veinte, molesto por su impuntualidad. Odiaba llegar tarde y, sobre todo, esa noche. Pero no había contado con el tráfico. Esperaba que ella no estuviera enfadada.

–Llegas tarde –observó Vivienne con una sonrisa, cuando le abrió la puerta.

–Ha habido un accidente en el puente. Lo siento.

–No hace falta que te disculpes. Lo entiendo. Iré a por mi bolso.

Era extraño, pero a Jack le irritó un poco que ella aceptara su impuntualidad sin protestar. Si hubiera estado esperándolo con la misma ansiedad que él había sentido, habría estado disgustada. Sin embargo, ella no sentía ningún apego hacia él. Solo lo consideraba un compañero de cama. No debía esperar más que eso, se dijo él, pues era obvio que ella no podía dárselo en ese momento de su vida. Lo que tenía que hacer era disfrutar lo que ella le ofrecía y, cuando llegara el momento, continuar con su vida.

Apretando los dientes, Jack decidió tratarla como un mero objeto sexual, tal y como ella quería. Sería su juguete y no tendría ni lástima ni piedad por ella.

Y eso significaba no alargar la cena. Quería tenerla en la cama cuanto antes.

Por eso, la miró de arriba abajo, sin ocultar sus intenciones lascivas. Vivienne no lo había obedecido, pues se había puesto muy sexy y provocativa. Llevaba un vestido púrpura con gran escote, ajustado a sus curvas, y el pelo recogido en un moño, con algunos mechones sueltos alrededor de la cara. Llevaba los ojos pintados, lo que hacía que parecieran más verdes aún, y los labios brillantes y jugosos.

—Te dije que no te pusieras nada sexy —comentó él con brusquedad.

—Decidí que una amante debe tener siempre buen aspecto —repuso ella, encogiéndose de hombros.

—Es verdad —afirmó él y, sin pedir permiso, la tomó entre sus brazos y la besó.

Vivienne no se resistió y se derritió contra su cuerpo fuerte y duro.

Pronto, Vivienne perdió las ganas de salir a cenar. Si Jack la hubiera empujado al dormitorio, ella no habría opuesto resistencia. Su cuerpo estaba ardiendo de deseo y apenas podía pensar en nada que no fuera tenerlo dentro de ella.

Cuando él apartó el rostro y la miró, esbozó una malvada sonrisa de satisfacción. ¿Tan obvio era lo que había estado pensando?, se preguntó Vivienne.

Desde luego, no iba a costarle ningún trabajo ser su amante, caviló ella. Solo con un beso, Jack podía incendiarla por completo. Además, le gustaba que él mandara y que tomara lo que quisiera, sin pedir permiso. ¿No era extraño? Siempre había odiado a los hombres arrogantes y dominantes. Sin embargo, no odiaba a Jack. Al contrario, le gustaba mucho más que nunca.

Con su traje de chaqueta gris oscuro, camisa blanca y corbata azul, del color de sus ojos, Jack estaba imponente esa noche. Un hombre siempre mejoraba con traje, sobre todo, un hombre tan musculoso y bien proporcionado como él.

Jack le dio el brazo para conducirla al coche. Hacía más frío de lo que Vivienne había esperado.

—Creo que debería volver a por una chaqueta —indicó ella.

—Nada de eso. No quiero que te tapes esta noche, preciosa.

—¿Puedes no llamarme así?

—¿Cómo quieres que te llame? ¿Nena? ¿Cariño? ¿Mi amor?

—¿Por qué te estás comportando como un idiota de repente? —preguntó ella, enfadada.

—Tienes razón —reconoció él y suspiró—. Debe de ser por mi ego herido. Todavía no me he recuperado de tu negativa a ser mi novia.

Vivienne estuvo a punto de aceptar ser su novia allí mismo, pues no quería que estuviera disgustado con ella. Pero se contuvo, para no lamentarlo después.

—Cuando me dejaste en casa anoche, parecías contento con nuestro acuerdo —le recordó ella—. Además, creo que una relación solo sexual encaja con tu forma de pensar.

—Yo también lo creía.

—¿Entonces cuál es el problema?

Él se encogió de hombros. En realidad, no conocía la respuesta.

–Ninguno. Pero, igual, podías comprometerte a salir conmigo de vez en cuando.

–Es lo que estoy haciendo esta noche, ¿no?

–Los dos sabemos que la cena de esta noche es solo el aperitivo a lo que viene después. Tú vas a ser mi postre, bella. ¿Puedo llamarte «bella»?

–Si no hay más remedio.

–Bien. Así que dejemos de hablar y sigamos nuestro camino. Cuanto antes comamos, antes podemos ir a mi casa.

Sin embargo, las cosas no salieron de esa manera. En cuanto llegaron al pequeño restaurante italiano donde habían ido a cenar, sonó un mensaje en el móvil de Jack.

–Lo siento –dijo él, sacándoselo del bolsillo–. Voy a ver quién es. Podría ser importante.

Vivienne deseó que hubiera dejado el teléfono en casa, como ella había hecho. Pero, como amante, no tenía motivos para protestar.

Jack frunció el ceño al leer el mensaje.

–¿Pasa algo? –preguntó ella.

–No –negó él, guardándose el teléfono–. Era una invitación a una fiesta de compromiso la semana que viene.

–¿De familiares o de amigos?

–Ninguna de las dos cosas. La hija de un conocido muy rico con quien trabajo de vez en cuando.

–Pues deberías asistir.

—No estoy seguro. Puede que me entren ganas de darle un puñetazo al novio.

—¿Por qué? —inquirió ella, sorprendida.

—Se llama Daryl —repuso él.

El camarero llegó en ese mismo momento con el vino, lo que impidió que ella hiciera o dijera nada que pudiera lamentar más tarde.

Tras respirar hondo, Vivienne se dijo que era normal que Frank Ellison invitara a Jack a la fiesta de compromiso de su hija. Después de todo, Jack había construido su mansión junto a la bahía, la misma que ella había decorado el año anterior. ¿Le habrían mandado a ella una invitación también? Lo dudaba. Lo más probable era que Courtney se hubiera opuesto. Aunque, tal vez, la otra mujer ignorara que Daryl había estado saliendo con ella.

Conteniendo un suspiro, Vivienne decidió dejar de pensar en Daryl. No merecía la pena. Por eso, cuando el camarero les hubo servido el vino y les hubo tomado nota, supo lo que tenía que hacer.

Primero, se llevó la copa de chardonnay a los labios y bebió. Luego, miró a Jack a los ojos.

—Supongo que la invitación incluye a una acompañante, ¿no es así?

—Sí —contestó Jack, temiéndose lo peor.

—En ese caso, me gustaría ir contigo.

—No creo que sea buena idea, Vivienne.

—¿Por qué? —protestó ella.

—Porque no sabes con quién estás tratando.

—Sí. Sé que Daryl es un cerdo que ha conseguido salirse con la suya hasta ahora —contestó ella, esforzándose en no subir el tono de voz—. Me mintió cuando rompió nuestro compromiso. Me aseguró que no me había sido infiel y que me dejaba antes de acostarse con su nuevo amor. ¡Y yo lo creí! No puedo creer que haya sido tan tonta –admitió–. En cuanto vi esas fotos en la prensa, debí haber ido a buscarlo para decirle lo que pensaba de él. No lo hice, pero esta es la oportunidad perfecta para enfrentarme a él. Puede que Courtney Ellison ni siquiera sepa que Daryl había estado saliendo con las dos al mismo tiempo. Es muy probable que él le haya mentido igual que a mí. ¡Quiero que ella sepa con qué clase de hombre va a casarse!

–No es posible que Courtney no sepa que saliste con él, Vivienne –opinó Jack–. Confía en mí, estoy seguro de que el hecho de que tuviera novia le hizo más atractivo para ella. La seducción es su juego favorito. Anduvo detrás de mí cuando estaba construyendo la mansión de su padre y me acorraló en una habitación, desnuda.

Vivienne abrió mucho los ojos.

–¡Cielos! ¿Y tú... tú...?

–No. No tocaría a Courtney Ellison ni con un palo.

¿Era alivio lo que se dibujó en el rostro de Vivienne? Así lo esperaba Jack, pues eso demostraría que sentía algo por él.

–No es bueno estar cerca de personas impresentables, Vivienne. Eres demasiado buena para ellos. Como te he dicho ya, saliste ganando cuando Daryl se fue de tu vida.

–Tienes razón. Pero necesito hacerle saber a Daryl que he sobrevivido. Si voy a su fiesta contigo, sería la venganza perfecta.

Dolido, Jack se recostó en su asiento y la observó unos segundos.

—¿Es eso lo que soy para ti? ¿Un instrumento de venganza?

—¿Qué? No, claro que no. ¿Cómo puedes decir eso después de lo que he hecho contigo? Eso no fue por venganza, fue por... por... por puro deseo —reconoció ella, sonrojándose—. Jack, créeme, nuestra relación sexual no tiene nada que ver con Daryl.

—No me convence, pero te llevaré a la fiesta si es lo que quieres de veras.

—Es lo que quiero, sí.

—Es ese caso, tengo una condición.

—¿Cuál?

—Una vez que los hayas visto y hayas dicho lo que quieres decir, nos iremos. No quiero perder mi tiempo con gente como esa. Prefiero estar a solas con mi bella amante —afirmó él con una sonrisa.

Capítulo 15

LA SENSUAL sonrisa de Jack producía un efecto abrumador en Vivienne. Hacía un momento, ella había estado dándole vueltas a qué iba a decirle a Daryl en la fiesta. Sin embargo, medio segundo después, solo podía pensar en estar con Jack, mientras su mente se inundaba de eróticas imágenes.

Era hora de ir al tocador, decidió y se excusó, al mismo tiempo que el camarero llegaba con una cesta de pan de ajo.

–No tardes o me lo comeré todo.

Vivienne no tardó. Solo el tiempo suficiente para refrescar un poco su cuerpo acalorado y para cambiar de idea respecto a ir a la fiesta de compromiso de Courtney Ellison. Le importaban más los sentimientos de Jack que su propia necesidad de enfrentarse a Daryl. Por nada del mundo quería que Jack pensara que lo estaba utilizando como un instrumento de venganza, porque no era cierto.

–Te gustará saber que he decidido no ir a la fiesta –informó ella al sentarse a la mesa de nuevo.

–¿Y por qué? –preguntó Jack, sorprendido.

–Es obvio que no quieres llevarme. Y no quiero arriesgar lo que tenemos tú y yo.

Él arqueó las cejas.

–Mira, Daryl es pasado. Dejémoslo así.

Jack no lo creía. El viejo Daryl seguía vivo y coleando en la mente de Vivienne, influyendo en todas sus decisiones. El que la hubiera dejado con tanta brutalidad por otra mujer, sin duda, había influido en que ella hubiera aceptado acostarse con él tan rápido. Aunque sabía que Vivienne lo deseaba, también adivinaba que había mucho de despecho en sus acciones.

De todos modos, Jack admiraba el valor y la fuerza de carácter de su acompañante. ¿Qué diablos? Si ella quería ir a la fiesta, ¿quién era él para impedírselo?

–Te agradezco que te preocupes, Vivienne. Y me encanta que no quieras arriesgarte a perder lo nuestro. Pero he estado pensando en la situación desde tu punto de vista y creo que puede ser una buena idea ir a la fiesta. Si no, nunca podrás dar ese asunto por zanjado. Necesitas la oportunidad de decirle a tu ex lo que piensas de él y de demostrarte a ti misma que no eres una cobarde.

En esa ocasión, fue ella la sorprendida.

–Entonces, ¿quieres llevarme?

–Claro. Ah, aquí está nuestra cena.

El camarero colocó delante de ella un generoso plato de espaguetis a la marinera, con mariscos, gambas y calamares.

–¡Cielos! –exclamó ella, tomando el tenedor–. Voy a tardar toda la noche en comerme esto.

–Espero que no.

A Vivienne volvió a subirle la temperatura al escucharlo, pues sabía muy bien a qué se refería él. Se estaba convirtiendo en una adicta al sexo, se reprendió a sí misma. Tenía que hacer algo para distraerse y pensar en otra cosa.

—Jack.

—¿Sí? —repuso él, después de tragarse un mejillón con expresión de placer.

Ella se quedó mirando sus labios, sus dientes, su lengua. Casi podía sentirla dentro.

Aquellos pensamientos hicieron que Vivienne apretara las piernas y los glúteos de forma involuntaria. Cielos, casi llegó al clímax en ese momento. Entonces, enderezó la espalda contra el respaldo, concentrándose para controlar las respuestas de su rebelde cuerpo.

—Me pregunto si has tenido más noticias de El Capricho de Francesco. ¿Cuándo voy a poder mudarme allí y empezar el trabajo?

—La compraventa estará terminada a finales de la semana que viene. Podrás mudarte entonces.

—¿Y mi contrato?

—Te presentaré uno dentro de un par de días —indicó él—. Eso me recuerda que he contratado a un constructor que conozco para que se ocupe de la albañilería. Y había pensado que, ya que vas a vivir en la casa, también podrías ser su supervisora. Te pagaré más, por supuesto —explicó y se metió otra carga de marisco en la boca.

—¿Cuánto más?

—Mucho —afirmó él con una sonrisa.

—De acuerdo —repuso ella, nerviosa porque ni siquiera hablar de dinero estaba consiguiendo mantener a raya su excitación sexual.

—Bien. Ahora, come. No hay nada peor que la pasta fría.

Vivienne lo intentó, pero no tenía apetito. Solo se comió el marisco y apenas probó la pasta. Lo que sí hizo fue beber vino, casi toda la botella, pues Jack le dijo que solo tomaba una copa cuando iba a conducir. Al final de la cena, ya no estaba nerviosa, solo un poco embriagada.

—¿No tienes hambre? —preguntó él, después de terminarse su plato.

—No mucha.

—¿Quieres algo más? ¿Café? ¿Coñac?

—No, gracias.

—Bien —dijo él y llamó al camarero.

Cinco minutos después, estaban en la calle. El aire de la noche estaba frío y, cuando Vivienne tiritó, Jack la rodeó con su brazo mientras caminaban hasta el coche.

—Tienes frío —comentó él, acelerando el paso.

Vivienne hubiera tenido frío, si no se hubiera sentido tan caliente. Cuando llegaron, Jack la llevó hacia el asiento del conductor y se detuvo en un pequeño hueco que quedaba entre el coche y una valla de madera.

—Esto servirá —dijo él con voz ronca y la colocó contra la puerta del coche—. No puedo esperar a llegar a mi casa. Deja el bolso y quítate los zapatos —ordenó con voz grave.

Ella obedeció y se quedó allí parada, todavía temblando, con la espalda apoyada en el coche. Jack le levantó la falda y le arrancó la ropa interior y las medias con un solo y brusco movimiento.

—Levántate la falda por la cintura.

Vivienne así lo hizo. Oyó voces cerca, pero eso no la detuvo. Estaba dispuesta a obedecer a Jack en todo ciegamente. Entonces, él le apartó los muslos y hundió un dedo en su sexo húmedo y caliente. Ella gimió, primero suave, luego, no tan suave.

Justo cuando estaba acercándose al clímax, él se detuvo y se arrodilló delante de ella. Con un grito de urgencia, ella abrió más las piernas para darle mejor acceso. Al sentir su lengua lamiéndole el clítoris, no pudo contenerse y se dejó arrastrar por un estremecedor orgasmo.

Acto seguido, Jack la penetró con el rostro sonrojado por el deseo y la necesidad. Cuando la levantó de los glúteos, ella lo rodeó con sus piernas y con los brazos.

—Más rápido, Jack —rogó ella, apretándolo con todo su cuerpo.

—Maldición, Vivienne —rugió él y la penetró con más fuerza, dejándola sin aliento.

Al momento, él llegó al orgasmo con un poderoso gemido de satisfacción.

—Estamos locos, ¿lo sabías? —comentó él después de dejarla en el suelo.

—Sí. Muy locos.

—Podían habernos visto.

—No me importa.

—Ni a mí. Vamos, metámonos en el coche. Hace mucho frío —indicó él. Una vez dentro, puso la calefacción a máxima potencia–. Bueno, al menos, he tenido la cordura de utilizar un preservativo.

–Sí, ya me he dado cuenta –afirmó ella. Aunque lo había visto cuando se lo había quitado después de terminar. Antes, había estado demasiado extasiada como para fijarse en nada. En ese momento, estuvo a punto de confesarle que estaba tomando la píldora y que no tenían que preocuparse por los preservativos, si iban a tener sexo en los momentos y lugares menos pensados. Sin embargo, la píldora solo la protegía de un embarazo, pero no de ciertas enfermedades.

–¿Qué estás pensando? –quiso saber él cuando pararon en un semáforo.

–Nada.

–Vamos, Vivienne, te conozco muy bien. Nunca tienes la mente vacía.

Ella bajó la vista a su bolso, donde se había guardado las braguitas de algodón que Jack le había arrancado.

–Estaba pensando que mañana voy a comprarme ropa interior más sexy. Siempre que me prometas no destruirla.

–Lo siento, no puedo prometértelo –respondió él con una pícara sonrisa–. Sacas la bestia que hay en mí.

–¿Sí?

–Sabes que sí.

–Tú haces lo mismo conmigo. Yo no suelo ser así, para tu información –dijo ella.

–¿Qué quieres decir?

Vivienne deseó no haber dicho nada. ¿Cómo iba

a decirle que nunca había hecho con nadie las cosas que estaba haciendo con él? No quería que le preguntara a qué se debía su transformación. Solo quería disfrutar el momento y dejar atrás sus inhibiciones.

—Quiero decir que no es normal hacer el amor en un aparcamiento. Pero ha sido divertido, ¿verdad? —replicó ella con una sensual sonrisa.

—No habría sido divertido si nos hubieran arrestado.

—¿Pueden arrestarte por eso?

—Creo que sí.

—¿Alguna vez te han arrestado? —preguntó ella, aprovechando la oportunidad para cambiar de tema y dejar de hablar de sí misma.

—Todavía no. Vas a quedarte en mi casa a dormir, ¿no?

—¿Toda... la noche? —inquirió ella. Lo cierto era que no había esperado que se lo ofreciera, pero era lo que más deseaba hacer, dormir desnuda y abrazada a él. Así podría tocarlo y besarlo siempre que quisiera.

—¿Algún problema? —quiso saber él, al ver que Vivienne no respondía—. Te dejaré en tu casa por la mañana temprano, cuando vaya de camino al trabajo. Con suerte, Marion estará todavía en la cama y no te verá llegar.

—Marion no suele levantarse hasta las diez, trabaja en turno de noche —explicó ella, tratando de disimular el deseo que le incendiaba la sangre una vez más—. Llega muy tarde y muy cansada. Nunca llama a mi puerta hasta mediodía.

—Entonces, te quedarás a dormir.

—De acuerdo, si es lo que quieres —repuso ella, ocultando lo emocionada que estaba.

Jack la miró y se preguntó qué había estado pensando en el semáforo. Aunque no sabía leer la mente, y menos de las mujeres, intuía que no había estado pensando en su ropa interior.

Vivienne era todo un enigma para él. Fría por fuera y un volcán por dentro. Al recordar cómo le había rogado que fuera más deprisa cuando habían estado en el aparcamiento, no pudo controlar una erección.

Si iba a tenerla durante toda la noche, podía tomarse su tiempo y hacerla desear más. Hacer el amor despacio también tenía su encanto, pensó. Le acariciaría la espalda, le daría un masaje en los glúteos y en los pechos con aceite. La haría gemir de placer. Quería que ella gozara como nunca en su vida.

—¿Qué estás pensando tú ahora? —inquirió Vivienne.

—Estaba pensando que no tienes por qué comprarte ropa interior —respondió él con una sonrisa—. A partir de ahora, quiero que no lleves.

Cuando Vivienne se sonrojó, lo tomó por sorpresa. ¿Cómo era posible que una chica que hacía lo que ella acababa de hacer se sonrojara ante la idea de no llevar ropa interior? Era una mujer llena de contradicciones.

Un buen ejemplo de ello era su casa. ¿Por qué su decoración era tan impersonal y fría, cuando sus diseños profesionales eran siempre acogedores y estaban llenos de calidez? Debía de tener razones profundas y personales. Quizá tuviera que ver con su familia, intuyó él. Cuando había mencionado a sus padres, había sonado estresada y agobiada. Aunque lo cierto era que Vivienne tampoco le había hablado mucho de su infancia ni de su juventud. La mayoría de las mujeres con las que había salido siempre habían hablado demasiado de sí mismas. Pero ella no.

Sin embargo, no estaba saliendo con Vivienne, se recordó a sí mismo. Solo se estaba acostando con ella. Eso no impedía que en el futuro pudiera ser su novia. Él no había perdido la esperanza de que, con el tiempo, Vivienne se diera cuenta de que era positivo salir con un hombre como él, directo y honesto, sin falsas ilusiones de compromisos para toda la vida.

Mientras, Jack le daría exactamente lo que ella quería. No tenía problemas con eso, pues era lo mismo que quería él.

Capítulo 16

ES INCREÍBLE que haya encontrado una puerta como la antigua –comentó Marion delante del baño–. Y es increíble también que el tipo haya llegado puntual.

–Jack me dijo que todos sus trabajadores son puntuales –repuso Vivienne, muy satisfecha con la puerta. Bert, el albañil, solo había tardado media hora en quitar la antigua y poner la nueva.

–En ese caso, llamaré a Jack si tengo que arreglar algo –dijo Marion–. Estoy harta de que los chapuzas que vienen a mi casa lleguen siempre tarde y no sean de fiar.

–Sí, Jack no tolera a la gente impuntual, poco eficiente o que no sea de confianza –señaló Vivienne.

–Mmm. Entonces debe de ser un jefe difícil.

–Sí. Y exigente. Pero justo.

–Aun así, asegúrate de que te haga un contrato. No puedes confiar demasiado, aunque creas que es un hombre justo. Puede que quiera pagarte con dinero negro y sin asegurarte. Debes tener cuidado, pues hasta el hombre más justo puede aprovecharse de los demás de vez en cuando. Encima, en las próximas semanas vas a estar más vulnerable, sin mí para cuidarte.

—No te preocupes, no dejaré que se aproveche de mí —aseguró Vivienne—. Pero te recuerdo que nunca me advertiste contra Daryl.

—Tengo que confesar que Daryl me engatusó a mí también —admitió su amiga con un suspiro—. Era un zalamero experto. Ahora, al mirar atrás, me doy cuenta de que siempre se pasaba con los cumplidos.

—Sí, pienso lo mismo —repuso Vivienne y recordó lo emocionada que se había sentido en el pasado con sus halagos, no solo por su físico, sino por toda clase de cosas. Entonces, ella había creído que Daryl había exagerado porque había estado cegado por el amor.

Jack, por el contrario, era muy parco en cumplidos. Sí, la llamaba «hermosa» en ocasiones, pero eso era normal en un hombre que se quería acostar con ella. Y, en la cama, también alababa su trasero y sus pechos, aunque no perdía demasiado tiempo en ello.

A lo que sí dedicaba tiempo era a hacer el amor. En su casa, le había sorprendido con largos preámbulos y caricias, había explorado cada centímetro de su cuerpo hasta que la había penetrado al fin. Y, entonces, se había mecido con suavidad, besándola sin parar y llevándola al clímax de la forma más lenta y deliciosa.

Luego, después de una pequeña cabezada, habían hablado de sus planes para El Capricho de Francesco y habían vuelto a hacer el amor. De nuevo, él no había tenido prisa y se había entretenido jugando y admirando sus pechos.

Vivienne sabía que Jack debería estar agotado ese día. Aunque ella se sentía más viva que nunca y estaba deseando volver a verlo.

—Tengo que prepararme para ir a trabajar. Olvídate de Daryl, no merece la pena —señaló Marion, sacándola de sus pensamientos—. Te veo mañana.

El consejo de Marion le recordó a Vivienne su decisión de ir a la fiesta de compromiso de Daryl. Ya no se sentía tan segura, sin embargo. Todavía le dolía lo que Daryl le había hecho y pensaba que se merecía una reprimenda. ¿Pero tenía ella las agallas para confrontarlo en la fiesta? Jack le había dicho que igual era una buena manera de poner punto y final a aquella historia. Con él a su lado, sería más fácil hacerlo, reflexionó ella. La protegería y no dejaría que nada malo le pasara. Sin duda, Jack era un hombre en quien se podía confiar.

Vivienne cerró la puerta del baño y sonrió al comprobar que cerraba mejor que la antigua. Sí, desde luego, en Jack se podía confiar. Entonces, pensó en enviarle un mensaje de texto para informarle de que el albañil había hecho un trabajo excelente. Esperaba que a él no le molestara. Jack le había dicho que no le gustaba que lo llamaran al trabajo, excepto si era una emergencia. Pero un mensaje no tenía por qué interrumpirle. Ansiaba tanto estar en contacto con él...

—Marion me ha aconsejado que me asegure de que me haces un contrato —le dijo Vivienne esa noche, mientras estaban abrazados en la cama de él, después de haber hecho el amor–. Dice que no debo dejar que te aproveches de mí.

–¿Crees que quiero aprovecharme de ti? –preguntó él, arqueando una ceja.

–No. Yo le dije que eres un hombre justo. Duro en los negocios, pero justo. Aunque no le he contado a Marion lo blandito que puedes ser en lo personal.

Jack rio.

–No es eso lo que decías hace unos minutos. Me has dicho que estaba duro como una roca.

–No seas tonto –repuso ella, riendo–. Sabes a lo que me refiero. Estaba hablando de lo mucho que quieres a tu familia, sobre todo, a tu madre. Un hombre que quiere a su madre no puede ser malo.

–¿De verdad? Creo que he leído en alguna parte que Hitler amaba a su madre.

–Acabas de inventártelo.

–¿Es que crees que no leo? –replicó él, fingiéndose ofendido.

–No he dicho eso.

–Pues, para tu información, leo todo el rato. Ayer mismo, cayó en mis manos un ejemplar de *Playboy* y me lo leí de cabo a rabo. Tenía artículos muy interesantes.

–Apuesto a que sí –dijo ella, riendo–. No, en serio, ¿te gusta leer? A mí me gusta mucho.

–No es mi pasatiempo favorito, la verdad.

–Yo no puedo vivir sin leer. Siempre leo antes de dormirme o, al menos, lo hacía antes –explicó ella, pensando que no había tocado un libro desde que había empezado su relación con Jack. Por las noches, estaba tan exhausta que no tenía fuerzas.

—Si es así, ¿por qué no tienes ninguna estantería repleta de libros en tu casa? ¿O los guardas debajo de la cama? No la conozco todavía.

Y esperaba que nunca la conociera, pensó Vivienne con un poco de pánico. No quería compartir con él la misma cama donde había dormido con Daryl. Temía que, de alguna forma, eso la convertiría en la misma mujer reprimida que había sido con su ex. Era algo extraño, pero con Daryl nunca había sido tan apasionada. No entendía por qué, estando enamorada de Daryl, no había disfrutado tanto del sexo con él como con Jack.

—No me quedo los libros que leo. Los compro en una librería de segunda mano y, cuando los termino, los devuelvo y compro más. ¿Para que voy a guardarlos si ya los he leído?

—No lo sé —repuso él, encogiéndose de hombros—. Podrías prestárselos a tus amigos. ¿Marion no lee?

—Sí, pero no le gustan los mismos libros que a mí. Ella prefiere novelas románticas y yo, de suspense.

—Entiendo. A mí me gustan las series de suspense de la televisión.

—Y a mí. ¿Cuáles son tus favoritas?

Después de hablar sobre series durante un rato, Jack comprendió que a Vivienne le gustaban las que mezclaban suspense y amor.

—Oye, me dijiste que ibas a llevar a Marion al aeropuerto el sábado, ¿es así?

–Sí.

–¿A qué hora?

–Alrededor de la una. El avión sale a las tres.

–¿Y vas a quedarte con ella hasta que salga su avión?

–Sí, me gustaría.

–Claro, me parece bien. Solo te lo preguntaba para planear el fin de semana. Iba a sugerirte que nos fuéramos a El Capricho de Francesco el sábado para dormir allí, pero no creo que sea muy práctico, pues no volverás del aeropuerto hasta las cuatro. Iré a visitar a mi madre, entonces, mientras tú estás ocupada. Luego, te llevaré a cenar a algún sitio especial. Si quieres, por supuesto –propuso él–. Después, puedes quedarte a dormir y podemos salir hacia la finca el domingo a primera hora. ¿Qué te parece?

–Suena genial –contestó ella. Aunque eran planes más apropiados para una novia que para una amante. Sin embargo, mientras mantuvieran su relación en secreto, no le importaba. Para ella era importante que nadie supiera que se estaban acostando juntos. No quería que la gente pensara que era una tonta y que se estaba metiendo en problemas. Después de todo, Jack no iba a casarse con ella. Se lo había dejado muy claro. Si ella no hacía algo estúpido como volver a enamorarse, no tenía por qué preocuparse, se recordó a sí misma.

–Bien –dijo él con satisfacción–. Ahora, creo que es hora de repetir...

Capítulo 17

NUNCA sueles visitarme los sábados –comentó su madre mientras estaban sentados a la mesa el sábado siguiente. Él la había llamado la noche anterior y ella lo había invitado a quedarse a comer.

Jack se metió un pedazo de remolacha en la boca antes de contestar. Le encantaba la comida de su madre y se preguntó si Vivienne sería buena cocinera. No le extrañaría, pues esa mujer lo hacía todo bien. Tal vez, podía pedirle que un día le preparara la cena.

–No podía venir mañana –explicó él–. Voy a ir a la finca para ver otra vez El Capricho de Francesco.

–Un día tienes que llevarme allí.

–Prefiero esperar a que esté redecorada. Mañana voy a ir con una diseñadora de interiores que ha trabajado para mí en otras ocasiones.

–¿Y cómo es esa diseñadora?

–¿Qué quieres decir?

Eleanor hizo todo lo posible para fingir inocencia. Sabía que a Jack no le gustaba que le preguntara por las mujeres de su vida. Pero su instinto femenino le decía que esa chica podía ser diferente.

–Bueno... ¿es joven... vieja... guapa, fea? Esas cosas.

—No estoy seguro de cuántos años tiene Vivienne. Veintitantos, supongo. Y es muy atractiva. Tiene unos ojos verdes preciosos y un cuerpo muy bonito.

Bingo, pensó su madre. Además, tenía un nombre bonito y elegante. Vivienne.

—¿Soltera?

—Sí. Aunque hace poco estuvo prometida con un cazafortunas que la dejó por Courtney Ellison. La hija de Frank Ellison, el magnate minero, ya sabes.

—Sí. Lo siento por ella, Jack. Debe de estar destrozada.

—Está mejor sin un hombre como ese.

¿Eran celos lo que percibió Eleanor en la voz de su hijo? ¿O disgusto? Jack detestaba a los hombres mentirosos, pues él tenía un alto sentido de la responsabilidad y la integridad. Algún día, sería un esposo estupendo.

—¿Eso es lo que piensa Vivienne?

Jack frunció el ceño. No lo sabía con seguridad. Desde luego, cuando estaba en la cama con ella, no parecía que estuviera pensando en Daryl, ni que estuviera fingiendo sus orgasmos. No era posible fingir algo de forma tan ruidosa.

—Espero que pronto se dé cuenta de ello.

Al momento, Jack se dio cuenta de que su comentario no le había pasado desapercibido a su madre, que lo observaba con intensidad.

—¿Te gusta esa Vivienne?

—Sí —reconoció él y se metió un espárrago en la boca.

—¿Y tú a ella?

—Sí.

–¿Os estáis acostando juntos?

–Mamá, tengo treinta y siete años. No es asunto tuyo con quién me acueste –repuso él con un suspiro.

–Eres mi hijo y tus relaciones siempre serán asunto mío. No voy a insistirte en que creo que serías un excelente marido y un padre todavía mejor, porque no serviría de nada, ¿verdad?

Jack miró al techo y siguió comiendo ensalada.

–¿Y si se enamora de ti, Jack? Puede que lo haga.

–Mira, no se va a enamorar de mí –aseguró él–. Nuestra relación es pura diversión, sin complicaciones –explicó y, al mismo tiempo, deseó que fuera de otra manera.

–Oh, Jack, la intimidad sexual a veces hace que una mujer se implique emocionalmente. Es difícil que no suceda. ¿Y si tú te enamoras de ella? ¿Lo has pensado?

Jack apretó los dientes, exasperado. No debía haberle hablado a su madre de Vivienne.

–No seas tonta, mamá. Yo no me enamoro de nadie.

–Hasta que lo hagas –replicó ella, riendo.

Jack la ignoró.

–Me gustaría conocer a Vivienne.

–Mamá, nuestra relación no es tan seria como para eso –insistió él–. No creo que a ella le hiciera gracia que te la presentara.

Eleanor suspiró. Su hijo podía ser muy difícil en ocasiones. Quizá, él no se daba cuenta, pero ya se estaba enamorando de Vivienne. Lo había notado por su tono celoso cuando había hablado de su ex.

Además, era la primera chica de la que le hablaba en años. Eso debía de significar algo.

—De acuerdo, dejaré de preguntarte por ella.

—Bien. Ahora quiero terminar de comer, si no te importa.

Capítulo 18

QUÉ tal ayer con tu madre? –quiso saber Vivienne cuando salieron hacia Nelson Bay a la mañana siguiente–. Olvidé preguntártelo anoche.

Lo cierto era que Vivienne había tenido tantas ganas de verlo el sábado por la noche que no había podido pensar en nada más que en lo mucho que lo deseaba. La cena había sido una tortura y, en el taxi de camino a la casa de él, había tenido que contenerse para no hacerle nada indecente. Sobre todo, cuando él la había besado, deslizando la mano debajo de su falda.

Sin duda, Jack había sentido lo mismo, pues, nada más entrar en su casa, la había tomado contra la puerta de la entrada, sin molestarse en desnudarla del todo.

Ninguno de los dos se dio cuenta de que no había usado preservativo hasta después. Entonces, al ver lo disgustado que estaba, ella le había confesado que estaba tomando la píldora. El resto de la noche, habían hecho el amor sin protección, pues él le había asegurado que no tenía ninguna enfermedad que pudiera transmitirle de ese modo. Había sido una delicia hacerlo así.

–Bien –contestó Jack, mirándola un momento–. Me hizo mi ensalada favorita para comer. Por cierto, le conté que he comprado El Capricho de Francesco y que te he contratado para redecorarlo. También le he dicho que hoy iba a llevarte allí –añadió.

–Ah. ¿Y no le ha parecido extraño?

Jack frunció el ceño. ¿Por qué las mujeres tenían tan buena intuición para adivinar las cosas? Debía de ser el instinto femenino, tal vez.

–No veo por qué. Le conté que ya habías trabajado para mí antes, muchas veces.

–Puede, Jack, pero hoy es domingo. No es un día laborable.

–Ella sabe que, a veces, trabajo los siete días de la semana –contestó él, encogiéndose de hombros–. No es nada nuevo. Pero, si quieres preocuparte por algo, hazlo por esa fiesta de compromiso a la que quieres ir el próximo sábado. Los paparazzi estarán deseando tomar fotos. ¿Cómo vas a explicarlo si sales retratada en las páginas de cotilleos?

–No creo que así sea –señaló ella–. No somos famosos, Jack. No nos sacarán en las fotos.

–Bueno, no digas que no te lo advertí.

–Bien. ¿Podemos hablar de otra cosa? No quiero pensar en el sábado. No tengo ganas de ir, pero iré. Me lo tomaré de la misma manera como ir al dentista.

–¿Qué quieres decir?

–Odio ir al dentista. La primera vez que fui después de diez años estaba tan nerviosa que casi vomité al sentarme allí –recordó ella–. Sin embargo, me puso anestesia y no me hizo daño. Después de eso, seguí yendo cada seis meses para revisiones, pero no dejaba de ponerme nerviosa los días anteriores. Al final, decidí que era una pérdida de tiempo y energía y que era mejor no pensar en ello hasta que estuviera sentada delante del médico. Haré lo mismo con la fiesta de compromiso. No pensaré en ello hasta que estemos subiendo las escaleras de la casa de Frank Ellison.

—No te creo.

—De acuerdo, puede que lo piense un poco antes —reconoció ella, encogiéndose de hombros—. Tengo que comprarme un vestido, para empezar. ¿Hay que ir de etiqueta?

—Eso creo, sí.

—En ese caso, un esmoquin para ti y traje de noche para mí. ¿Tienes esmoquin?

—Me compraré uno.

—Se puede alquilar también.

—Lo sé, Vivienne. Pero prefiero comprarlo —repuso él—. Dime, ¿por qué tardaste diez años en volver al dentista? —quiso saber, pues le resultaba extraño que una persona tan perfeccionista tardara diez años entre una visita y otra.

—¿Qué? Esto... Eso fue cuando tenía diecisiete años. Después de que mis padres se divorciaran, mi madre dejó de llevarme al dentista. Y yo no me acordé de ello hasta que el día de mi graduación en el instituto empezó a dolerme una muela.

—¿Por qué no te llevaba? ¿No podía permitírselo?

—No. Tenía dinero. Ella... ella... Oh, es muy complicado. Jack, por favor, no quiero hablar de esos tiempos. Sobreviví y mis dientes están bien. ¿Lo ves? –dijo ella y le mostró su sonrisa blanca y perfecta.

Al mirarla a los ojos, Jack adivinó que aquellos tiempos, por alguna razón, habían dejado una honda herida emocional en ella. Leyendo entre líneas, pensó que la madre de Vivienne debía de haber caído en una profunda depresión después del divorcio. Para algunas mujeres, el divorcio era como la muerte. Su propia madre, por ejemplo, había necesitado años para recuperarse. Quizá, la madre de Vivienne nunca se había recuperado. Era posible que, incluso, hubiera rechazado a su única hija.

Aunque le hubiera gustado indagar un poco más, la expresión de ella no era nada invitadora, así que cambió de tema.

–Podríamos empezar a hacer algo de trabajo hoy.

–¿Qué clase de trabajo? –preguntó ella, iluminándosele el rostro.

–Nada muy cansado. Pero quiero que empecemos a planear la reforma. Tenemos que pensar si vamos a tirar todas las paredes o arreglarnos con lo que hay.

–Yo no te aconsejaría que tiraras paredes, Jack. Las divisiones de la casa me parecen estupendas, sobre todo, los baños y las cocinas. Los dormitorios solo necesitan una mano de pintura y alfombras nuevas. Y muebles, claro. Habrá que deshacerse de esas horribles cortinas, eso sí. Quizá podríamos poner dobles ventanas, de cristal tintado, por supuesto, para que no entre el brillo del sol de la mañana.

–Vaya. Parece que has estado dándole vueltas.

—Bueno, el viernes no tenía nada que hacer, así que estuve pensando un poco.

—Buena chica.

—Estoy deseando mudarme allí. ¿Qué te parece el próximo domingo? Siempre que ya esté listo mi contrato, claro.

—Me parece bien. Y sí, tendrás tu contrato esta semana.

—Genial.

—¿Estás segura de que no vas a sentirte muy sola allí?

—Estoy acostumbrada a vivir sola —respondió ella, meneando la cabeza.

De nuevo, Jack tuvo ganas de indagar en qué había querido decir Vivienne con eso, pero decidió dejarlo para otro momento.

—Estoy deseando mudarme —añadió ella.

En cierta manera, Jack también lo deseaba, pues no podía seguir con el mismo ritmo que había llevado la semana anterior. Le había resultado muy difícil concentrarse en el trabajo después de haber estado haciendo el amor con ella durante casi todas las noches. Ya no era tan joven y necesitaba tener tiempo para recuperarse.

Además, tenía un trabajo importante que terminar las semanas siguientes. Estaba construyendo un bloque de pisos y el plazo de entrega se acercaba y necesitaba tener fuerzas y la mente despejada, algo que le sería imposible si seguía acostándose con Vivienne entre semana. Sin embargo, si la veía solo los fines de semana, la echaría de menos, pero sus encuentros serían todavía más apasionados. Estaba seguro de ello.

La lluvia hizo que la conducción fuera más pesada para Jack, que volvió a parar para hacer un descanso en Raymond Terrace.

–Odio esta lluvia. Por su culpa, siempre hay que retrasar las obras.

–No tienes que preocuparte por eso en El Capricho de Francesco. La mayor parte de la obra será dentro.

–Es verdad. ¿Cuánto tiempo crees que llevará? ¿Crees que estará listo para Navidad?

–No sé, depende de lo eficientes que sea el albañil que has contratado.

–Si no lo es, tienes mi permiso para darle con el látigo –repuso él.

–El látigo no me va –señaló ella, riendo.

–Quizá, no en el dormitorio, pero eres tremenda en el trabajo. No olvides que te he visto en acción. Siempre exiges que todo se haga a tu gusto y en el momento.

–¡Mira quién fue a hablar!

–No somos tan diferentes, ¿verdad?

Ambos se miraron, sonriendo. Pero, de pronto, Jack pensó algo y se puso serio.

–¿Ya no te caigo mal?

Su pregunta tomó por sorpresa a Vivienne. Y le preocupó, porque le hacía enfrentarse al hecho de que no solo le caía bien, sino que le gustaba más cada día. Si seguían a ese paso, cuando terminara de decorar El Capricho de Francesco, estaría loca por él. Sí, los dos habían acordado que no querían más que diversión y amistad. Él le había dicho que no buscaba amor ni matrimonio. No la había mentido y eso era lo que más le gustaba a ella.

–No, me caes muy bien.

Cuando Jack se llenó de felicidad al escucharla, recordó la advertencia de su madre. Y tuvo que admitir que, aunque siempre había amado su libertad, no se le ocurría nada más agradable que imaginarse casado con Vivienne. Y tener hijos con ella. ¿Cómo era posible?

No solo era increíble, sino que podía ser muy problemático, caviló Jack. No creía que Vivienne lo amara, ¿o sí?

–Me alegro –señaló él con aire distraído–. Mira, ya ha parado la lluvia –comentó, contento.

El Capricho de Francesco estaría más bonito sin lluvia y a Vivienne le gustaría más, pensó Jack. Quería que ella se enamorara del lugar. Y de él. Quizá iba a llevarle tiempo, pero podía esperar. Al menos, hasta que terminara la reforma de la casa, ella sería suya. Eso le daba unos cuantos meses para lograr su objetivo.

Capítulo 19

A LA HORA de la verdad, Vivienne no fue capaz de controlar sus nervios por la fiesta. El sábado siguiente se levantó con el estómago encogido. El día había llegado.

No había pasado la noche anterior con Jack porque tenía cita en el salón de belleza que había junto a su casa. Por lo general, siempre solía sentirse mejor cuando iba allí, una vez a la semana, a que le pusieran una mascarilla, le arreglaran el pelo, le hicieran la manicura y la pedicura. La dueña del local era excelente dando conversación y haciendo sentir a gusto a sus clientas. Sin embargo, ella temía que nada pudiera hacerla sentir bien esa mañana.

–¿De qué color quieres las uñas?

–Rojas –replicó Vivienne, pensando en el vestido rojo que la estaba esperando en casa–. Rojo brillante e intenso.

–Este es muy popular –señaló la peluquera, mostrándole una laca de uñas roja con brillantina–. Se llama Mujer Escarlata y tiene un pintalabios a juego.

Vivienne no solía aceptar las ofertas del salón de belleza, pues le gustaba comprarse sus propios artículos de maquillaje. Pero, en esa ocasión, aceptó el carmín de labios. Aunque se sintiera fatal, estaba dispuesta hacer lo que fuera para estar imponente esa noche.

La expresión de Jack al verla cuando le abrió la puerta esa noche fue en extremo gratificante, a pesar de que Vivienne estaba más nerviosa que nunca. Le distrajo un poco admirar lo guapo que estaba él con su esmoquin.

—¡Cielos, Jack! Estás increíble. Y ese traje parece hecho para ti —le alabó ella. Y era cierto. El esmoquin ensalzaba su fuerte figura a la perfección, sin hacerle una sola arruga en ninguna parte.

—Tuve que mandármelo hacer —repuso él con una sonrisa—. No encontraba nada que me valiera, así que no me quedó alternativa. Lo mismo te digo a ti. El rojo te queda bien.

No era un color que Vivienne soliera llevar. Siempre le había parecido demasiado provocativo. Pero eso era lo que quería hacer esa noche, provocar y causar un efecto fulminante. Tampoco la forma del vestido era su estilo. Era muy ajustado y, aunque tenía manga larga y escote alto, llevaba la espalda al descubierto y una raya en la parte trasera de la falda.

—Pareces salida de una glamurosa película de Hollywood —comentó él—. Sobre todo, con el pelo así.

Vivienne se llevó la mano a la peineta de cuentas de cristal que se había puesto a un lado del pelo, con raya al lado y suelto, al estilo de las estrellas de cine de los años cuarenta.

—¿Te gusta?

—¿Cómo no va a gustarme? Estás para comerte

ahora mismo. Si buscabas algo para que tu ex se arrepienta de haberte dejado y su prometida se ponga celosa, has dado en el clavo. Solo espero que no te arrepientas luego.

–¿Por qué iba a hacerlo? No tengo nada de lo que arrepentirme.

–Todavía, no. Pero recuerda que, si atacas, es posible que los demás contraataquen. Aunque ya es demasiado tarde para advertencias. Cenicienta irá al baile.

–No creo que Cenicienta se pusiera un vestido así, ¿verdad?

–No –acordó él, mirándola de arriba abajo con deseo.

–En ese caso, estamos iguales, porque tú tampoco eres un el príncipe azul –le espetó ella–. Vamos, cuanto antes lleguemos y diga lo que tengo que decir, antes podremos salir de allí.

Jack no dijo una palabra hasta que se pusieron en camino. Por suerte, cuando habló, no fue sobre la fiesta.

–¿Ya has preparado las maletas para mudarte mañana?

–Sí. Soy una persona muy organizada. Tengo todo listo en el maletero del coche.

–Yo te acompañaré en mi coche alrededor de las nueve. Tú puedes seguirme en el tuyo.

–De acuerdo. ¿Tienes las llaves de la casa?

–Todavía no. Tenemos que parar a recogerlas de camino. También he avisado al albañil para que se pase a la una, para que puedas conocerlo. Se llama Ken Struthers.

—Bien.

—¿Estarán los padres de Daryl en la fiesta?

—¿Qué? —preguntó ella, sorprendida por su rápido cambio de tema—. No, no. No se habla con su familia.

—No me sorprende.

—Me dijo que sus padres lo dejaron en un orfanato cuando tenía diez años.

—¿Y lo creíste?

—Sí —reconoció ella, suspirando—. Fui una tonta. Pero eso se acabó. Si Daryl me dijera ahora que la Tierra es redonda, no lo creería. Desprecio a ese hombre y pretendo decírselo. Esta noche cerraré ese capítulo de mi vida, Jack.

Él la miró, mientras ella apretaba los labios rojos con determinación.

Cielos, iba a ser una noche difícil, pensó Jack.

Capítulo 20

LA MANSIÓN de Ellison tenía un férreo equipo de seguridad. A Jack incluso le pidieron el permiso de conducir. Y había un helicóptero de vigilancia sobrevolando la zona. Frank Ellison podía ser un poco paranoico en lo relativo a proteger su intimidad.

Al mirar la mansión toda iluminada y con un aspecto majestuoso, Jack se sintió orgulloso por haberla construido.

–¿Es la casa más grande que has construido? –preguntó ella, mientras subía las escaleras del brazo de él.

–Sí –afirmó Jack–. Imagino que también es la más grande que tú has decorado.

–Sin duda. Me llevó meses terminarla, a pesar de que tenía muchos empleados a mi servicio.

–A mí me llevó dos años construirla.

–Me lo imagino. Espero que hicieras mucho dinero con ella.

–Montones –afirmó él, sonriendo.

–Bien –repuso ella, y esbozó un gesto de determinación.

Cuando llegaron al enorme porche principal, con unas gigantescas puertas que los separaban de la fiesta, Vivienne respiró hondo y enderezó la espalda.

—No es tarde para cambiar de idea —le recordó Jack antes de tocar el timbre.

Sin embargo, cuando Frank Ellison abrió las puertas de par en par, ya no había marcha atrás.

—Les dije que dejaran las malditas puertas abiertas —protestó Frank, antes de reparar en los recién llegados—. ¡Jack! Me alegro de que hayas venido. ¿Y quién es esta preciosidad que te acompaña?

A Vivienne no le resultó extraño que no la reconociera. Frank Ellison apenas había hablado con ella mientras había estado trabajando para él. Solo había mantenido con ella una conversación y había sido el primer día que había ido a Classic Design a contratarla.

—El dinero no es problema. Asegúrate de que todo el mundo lo sepa. Quiero que la casa parezca un palacio. ¿Lo entiendes, pequeña? —le había dicho Frank entonces.

Y Vivienne lo había entendido y cumplido sus deseos. La casa tenía suelos de mármol, todos los muebles eran exquisitas antigüedades y los cuadros que adornaban las paredes, caras obras de arte.

—Soy Vivienne, señor Ellison —se presentó ella—. Vivienne Swan. Fui quien decoró su casa. ¿Me recuerda?

Ellison no se mostró en absoluto avergonzado de no haberla reconocido.

—Sí, claro. Lo que pasa es que no te reconocía con ese vestido tan impresionante. Así que estás saliendo con Jack, ¿eh? No lo sabía cuando él te recomendó como la mejor diseñadora de interiores de Sídney –indicó Ellison y miró a Jack–. Vaya, era una recomendación un poco interesada, ¿no es así, amigo? Aunque hiciste un buen trabajo, pequeña. Los dos lo hicisteis. No podía estar más contento con esta casa. Y con todo, pues por fin he conseguido que mi hija siente la cabeza con un hombre capaz de soportarla.

En ese momento, Vivienne se dio cuenta de que Frank Ellison ignoraba que hubiera estado saliendo con el prometido de su hija. Era obvio que no se acordaba de que había ido acompañada de Daryl a la fiesta de inauguración de la casa. Seguramente, había estado demasiado ocupado tratando de impresionar a sus invitados como para reparar en ella.

Pero a Vivienne no le importaba. No había ido allí esa noche para enfrentarse a Frank Ellison.

Entonces, llegaron más invitados y Ellison indicó a Jack y a Vivienne que entraran.

–No sabe que Daryl y tú fuisteis novios –murmuró Jack mientras entraban en el lujoso vestíbulo de mármol.

–No. Quizá, Courtney tampoco lo sepa. La verdad es que yo no llevaba anillo de compromiso cuando vine a la fiesta de inauguración de la casa. Daryl me había pedido que me casara con él, pero yo... él... no había comprado el anillo todavía –balbuceó Vivienne. De ninguna manera, iba a admitir algo tan vergonzoso como que había sido ella misma quien se había comprado su propio anillo de compromiso–. Seguro que Courtney solo sabe lo que Daryl le haya contado, que será todo mentira.

—Courtney sabe quién eres tú, Vivienne. Apostaría lo que fuera.

En ese instante, apareció la chica en cuestión. Llevaba un lujoso vestido, negro y con escote bajo bordado, tan bajo que apenas le tapaba los pezones. De talle alto, la falda de vuelo ocultaba su vientre hinchado y le llegaba hasta los tobillos. Llevaba los zapatos más brillantes, delicados y altos que Vivienne había visto jamás. Casi tan brillantes como los dos enormes diamantes que le colgaban de las orejas.

Por mucho que lo intentó, Vivienne no consiguió encontrarle ningún defecto a su rostro. Tenía la piel perfecta, la nariz pequeña y respingona y los labios carnosos. Aunque, quizá, no todo ello fuera natural y el bisturí del cirujano hubiera tenido mucho que ver. Después de todo, su padre no era nada guapo. En todo caso, debía de haber heredado la belleza de su madre, alguna de las muchas esposas de Frank Ellison. Su melena rubio platino y larga completaba el conjunto. No se podía negar que Courtney era una mujer muy sexy, caviló, mientras su admiración por Jack crecía al pensar que había sido capaz de resistirse a sus encantos.

Daryl se acercó a su prometida con una copa de champán en la mano. Todavía no había reparado en Vivienne, pues tenía los ojos puestos en una bonita morena que le estaba sonriendo de forma provocativa. Cuando un tipo no era de fiar, no cambiaba nunca, pensó Vivienne.

Daryl también estaba muy guapo con su esmoquin, aunque no le llegaba a Jack ni a la suela de los zapatos. Al observarlo con más detenimiento, Vivienne empezó a encontrarle fallos en los que no se había fijado nunca antes.

Con satisfacción, al mismo tiempo, Vivienne notó que ya no sentía tristeza, ni celos, ni envidia. Como mucho, sentía un poco de pena por Courtney, embarazada de Daryl. Iba a ser un padre terrible.

–¡Jack! –llamó Courtney y se acercó para darle un beso demasiado largo en la mejilla, mientras lanzaba una rápida mirada a Vivienne, intentando averiguar quién era–. Gracias por venir. Y gracias por el regalo.

Vivienne arqueó las cejas. ¿Había Jack enviado un regalo?

–Mi madre dice que una plancha siempre es un buen regalo –señaló él con rostro serio.

Vivienne contuvo un grito de sorpresa. ¿Jack había enviado una plancha a una chica que jamás en su vida había planchado nada?

Courtney lo miró perpleja, delatando que había ignorado cuál había sido su regalo. Lo más probable era que tuviera un montón de cajas sin abrir apiladas en alguna parte.

–¡Cielos! –exclamó Daryl, al acercarse a ellos–. ¡Vivienne!

Courtney miró a los tres sin entender.

–¿Es esto una especie de broma? –rugió Courtney con las mejillas sonrojadas de rabia.

–Nada de eso –replicó Jack con suavidad–. Daryl ha dejado atrás su pasado y Vivienne también. Ella y yo somos... buenos amigos. No te guarda rencor por haberle robado a su novio, ¿verdad, Vivienne?

–Claro que no, cariño –repuso Vivienne, sintiéndose segura al lado de su acompañante. Había decidido que estar junto a Jack era mejor venganza que cualquier clase de reprimenda verbal que pudiera lanzarle a Daryl.

Daryl parecía fuera de juego, igual que Courtney. Por su reacción, estaba claro que la hija de Ellison había estado al corriente de su relación anterior. De pronto, Vivienne ya no sintió lástima por ella. Daryl era la clase de hombre que se merecía.

–Me has hecho un favor, Courtney –aseguró Vivienne con una sonrisa radiante, mientras se agarraba al brazo de Jack.

En ese momento, Frank Ellison se unió al grupo, interrumpiendo su conversación.

–No os quedéis aquí parados. Vayamos donde está la comida y la bebida. Quiero que pruebes algunas de las especialidades que he pedido, Jack. Caviar de Rusia y trufas de Francia. Y el mejor champán, claro está.

Durante la siguiente media hora, Frank agasajó a Jack y a Vivienne con champán y caviar, mientras Courtney se llevaba a su prometido aparte, probablemente para tener una pelea de enamorados.

Cuando Frank por fin los dejó solos, Jack y Vivienne salieron a la terraza, contentos de poder alejarse de tantos esnobs.

–¿Así que ahora me llamas «cariño»? –preguntó Jack, mientras paseaban junto a la piscina de tamaño olímpico.

–Lo siento. No he podido resistirme. Pensé que la mejor venganza era hacerle ver que lo he olvidado tan rápido como él a mí. No te ha molestado, ¿verdad?

Claro que le había molestado, pero no podía confesárselo.

–Nada de eso –mintió él–. Has actuado muy bien. Mejor eso que decir cosas de las que luego podrías arrepentirte. La dignidad es siempre la mejor política.

–Yo pensé que la honestidad era la mejor política.

–Eso, también.

–En ese caso, quiero decirte lo mucho que agradezco haberte tenido a mi lado hoy, Jack. Eres más hombre de lo que nunca será Daryl.

A Jack se le hinchó el pecho de felicidad al escuchar su cumplido. Sin embargo, sabía que, a pesar de ello, Vivienne no estaba preparada para enamorarse de nuevo.

–Eres muy amable... cariño –contestó él con una sonrisa–. Supongo que todavía no quieres irte, ¿o sí?

–No creo que sea muy apropiado –opinó ella, aunque estaba deseando salir de allí–. Igual Frank se siente ofendido, y no es un hombre que debas tener de enemigo, Jack.

–Me importa un pimiento Frank Ellison. Sobreviviré sin sus encargos. Pero, si quieres, podemos quedarnos un poco más para que Daryl nos vea.

–Buena idea. Ahora tengo que ir al baño. He bebido tanto champán... Espérame aquí, ¿de acuerdo? –pidió ella y, tras tenderle su copa vacía, se dirigió dentro de la fiesta.

Él se quedó observándola, pensando en lo elegante que era. La clase de mujer que haría afortunado a cualquier hombre, caviló con un suspiro.

Jack dio una vuelta por los jardines y, de pronto, vio a Daryl salir del vestuario de la piscina, subiéndose los pantalones a toda prisa. Le seguía una sensual mujer morena, colocándose las ropas entre risitas. Cuando Daryl vio a Jack, le dijo algo a su acompañante, que se fue corriendo.

–No es lo que crees –se excusó Daryl con gesto culpable.

–¿A ti qué te importa lo que yo crea?

–No me importa. Pero no quiero que nada nos traiga problemas a Courtney y a mí.

–A mí me da lo mismo lo que hagas, siempre que te mantengas alejado de Vivienne.

Daryl rio.

–Ningún problema con eso, te lo aseguro. Está demasiado reprimida para mí. Además de ser una obsesa de la limpieza, es una aburrida en la cama. No sé qué ves en ella, aunque reconozco que tiene un buen cuerpo.

Jack apretó los dientes. Y dejó que su puño golpeara el vientre de Daryl como guiado por voluntad propia. El otro hombre se dobló de dolor, quedándose sin aire. Entonces, en vez de caerse redondo al suelo, hizo algo mucho mejor. Al tratar de mantener el equilibrio, dio un paso atrás y cayó de espaldas en la piscina.

Justo cuando Daryl sacaba la cabeza del agua, entre maldiciones, apareció Vivienne.

–¿Qué ha pasado? –le preguntó ella a Jack–. ¿Está borracho?

—¡Me ha pegado! —le acusó Daryl.

—Se lo merecía —aseguró Jack.

—Te vas a enterar —amenazó Daryl cuando consiguió salir del agua—. Le diré a Frank que me has atacado y él acabará contigo.

De inmediato, Jack se fue hacia él y le agarró con fuerza una mano, estrujándole los dedos.

—Si le dices una sola palabra, Courtney sabrá lo de esa morena con la que te acabo de vez —le susurró Jack al oído.

En ese mismo momento, apareció Courtney y exigió saber qué estaba pasando.

—Solo un accidente, tesoro. Me incliné para lavarme las manos y me caí —mintió Daryl, asustado—. No pasa nada.

—¡Pero se te ha estropeado el traje! —protestó ella, gritando.

—Por todos los santos, es solo un traje —replicó Daryl, sin poder controlar sus nervios.

—Vamos, Vivienne. Vámonos a casa —dijo Jack a su acompañante, mientras la otra pareja discutía.

—¿Por qué dijiste que Daryl merecía que le pegaras? —quiso saber ella, mientras entraban en la casa en dirección a la puerta—. ¿Qué te ha hecho?

—Más tarde te lo contaré —contestó él, sin saber qué razón podía darle. Lo que Daryl le había dicho lastimaría a Vivienne y él no quería eso por nada del mundo. Por otra parte, ¿cómo podía pensar aquel tipejo que era aburrida en la cama? Era muy extraño.

Por suerte, eso contuvo a Vivienne, aunque solo hasta que estuvieron en el coche.

—No puedo esperar más, Jack —dijo ella, llena de

curiosidad, cuando pararon en un semáforo–. Me muero por saber qué pasó entre vosotros dos. Y quiero solo la verdad.

–¿Estás segura, Vivienne?

–Sí. Quiero saber qué te dijo para que lo golpearas. He estado pensando e imagino que sería algo malo sobre mí.

–No tan malo.

–Pero tampoco bueno. Suéltalo, Jack. Sin mentiras.

–De acuerdo –respondió él. No había otra forma de hacerlo, pensó. Además, podía aprovechar para hacerle algunas preguntas que siempre había querido preguntarle–. Dijo que eras aburrida en la cama.

–Entiendo –replicó ella tras un momento, sonrojándose–. Supongo que es cierto.

–No seas ridícula. Los dos sabemos que eso es una mentira.

Pero Vivienne no sonrió.

Preocupado, Jack pensó que la noche tenía pinta de acabar muy mal.

–No voy a dejar que te quedes callada, Vivienne. Quiero saber por qué Daryl dice que eres aburrida en la cama. Porque, para mí, no tiene sentido.

Capítulo 21

POR su expresión, Vivienne adivinó que solo la verdad lo satisfaría. Y era justo. Lo que temía era que Jack sacara sus propias conclusiones y pensara que con él era distinta en la cama porque estaba enamorada. Pero ¿quién no iba a enamorarse de un hombre que le llevaba flores y le ofrecía el trabajo de sus sueños cuando más lo necesitaba, un hombre que le había salvado la vida y que le hacía el amor de la forma más deliciosa y apasionada?

Por si fuera poco, Jack había dado la cara por ella esa noche. Vivienne se hinchaba de satisfacción solo de pensar que le había dado un puñetazo al idiota de Daryl.

Era su héroe, su príncipe azul. Y estaba enamorada de él. A su lado, lo que había sentido por Daryl no había sido más que un espejismo.

Sin embargo, no podía confesarle eso a Jack. Si lo hacía, él huiría. Y ella no podría soportar perderlo.

—¿No puedes esperar a que lleguemos a mi casa y me quite el vestido?

—¿Lo dices para hacerme olvidar? —preguntó él, frunciendo el ceño—. De veras quiero respuestas, Vivienne. No creas que vas a poder evitarlas con tus artes de seducción.

–No seas tonto –repuso ella, aunque él había adivinado sus intenciones a la perfección–. Solo es que me siento incómoda con este vestido, me está demasiado apretado.

Jack sabía que ella solo quería ganar tiempo, pero no discutió. Al llegar a casa, Vivienne se fue directa al dormitorio, diciendo que enseguida regresaba.

Jack la esperó en el sofá, decidido a insistir en sus preguntas. Cuando, al fin, Vivienne reapareció, estaba embutida en una bata blanca y zapatillas. Él sospechó que no llevaba nada debajo. Se había quitado la peineta y llevaba el pelo suelto sobre los hombros. Aunque tenía un aspecto apetitoso y le daban ganas de comérsela viva, no quiso dejarse distraer de su objetivo.

–¿Quieres café? –ofreció ella.

–Bueno –contestó él y se levantó para seguirla a la cocina. Si se fijaba bien, era cierto que la limpieza de su casa rayaba en lo obsesivo, pensó.

–No tengo mucha comida –se excusó ella con una pequeña sonrisa–. Alguien ha estado invitándome a cenar cada noche.

–Qué suerte tienes. Pero no quiero comida, Vivienne. Quiero que hablemos.

Ella tomó aliento y llevó las dos tazas de café a la mesa.

–Para empezar, me gustaría saber por qué Daryl te acusó de ser aburrida en la cama. ¿Es que no eras la misma con él que conmigo?

–Bueno... no. Para que lo sepas, no he hecho con él ninguna de las cosas que hago contigo.

Jack se habría sentido halagado, si no hubiera sido porque le preocupaba que ella estuviera actuando de forma ajena a su verdadero yo, en una especie de loca venganza contra Daryl.

—¿Y eso por qué? ¿Has estado fingiendo conmigo?

—¡No! Nunca he fingido contigo, Jack. ¡Nunca! No estoy... segura de por qué soy tan distinta contigo. Quizá me haces sentir cosas que nunca sentí con Daryl. Yo tampoco lo entiendo muy bien. Solo puedo decir que me encanta tener sexo contigo y no me gustaría dejar de hacerlo por nada del mundo.

A Jack le gustó cómo sonaba eso.

—Sí, tenemos buena química —afirmó él—. Y ya que estamos siendo sinceros, dime, ¿por qué tu casa tiene este aspecto? Su espartana decoración no parece propia de ti.

No iba a ser fácil de explicar, se dijo Vivienne. Pero lo intentaría.

—Todo empezó cuando mi padre nos dejó... —comenzó a decir ella y se detuvo un momento ante la atenta mirada de Jack, titubeó y continuó—: ¿Sabes lo que es el síndrome de Diógenes?

—Sí —contestó él y pensó con repugnancia en esas casas llenas de basura de personas con el trastorno que había visto en un programa de televisión.

—Pues mi madre padecía síndrome de Diógenes.

Jack se entristeció por ella. ¿Qué clase de infancia podía haber tenido si había estado condenada a vivir en un basurero?

—Entiendo —repuso él. Eso explicaba su obsesión por la limpieza.

—¿Por eso se fue tu padre?

—Sí. No podía soportarlo.

–¿Y tu madre siempre fue así?

–No. Cuando yo era más pequeña, siempre tenía la casa impecable. Todo empezó cuando murió mi hermano con una semana. Mi madre se hundió y, de pronto, empezó a comprar ropa y juguetes para bebé de forma compulsiva. No había un solo espacio en la casa que no estuviera lleno de cosas. Hasta la cocina y el fregadero. Por eso, empezamos a vivir de la comida para llevar.

–¿Solo comías pizzas y comida basura?

–Sí. Hasta que empecé el instituto y me di cuenta de que me estaba poniendo gorda. Entonces, convencí a mi madre para que me dejara mudarme al cuarto principal, donde no dormía nadie, y como era bastante grande instalé allí una pequeña cocina –explicó ella–. Yo mantenía limpio mi cuarto, mientras el resto de la casa parecía un estercolero. Por supuesto, no podía invitar a amigas a dormir. No quería que nadie viera mi casa. Tampoco tuve novio hasta los veintiún años, cuando me fui de casa.

–Eres muy valiente, Vivienne. Es una historia muy triste, pero has sobrevivido y te admiro mucho por eso. ¿Cuándo tuvo tu madre el ataque al corazón?

–En realidad, no tuvo un ataque al corazón. Se rompió el cuello un día, cuando se tropezó con las cosas que había apiladas en las escaleras y se cayó. Yo solía llamarla todos días y una noche, como no contestaba, fui a verla y encontré su cuerpo sin vida.

–Oh, Vivienne. Debió de ser terrible.

–Sí –repuso ella y los ojos se le llenaron de lágrimas al recordarlo. Ella había querido a su madre, a pesar de todo. Pero no era momento de llorar por eso, se dijo con una triste sonrisa–. No te preocupes, estoy bien. En cierta forma, su muerte fue un alivio. No podía soportar verla tan desgraciada año tras año. Luego, hice limpiar la casa y la vendí. Con el dinero que saqué, me compré esta casa, y atraje a un cazafortunas miserable como Daryl.

Jack apretó las manos en el volante cuando escuchó su tono de amargura. Esperaba que, algún día, ella pudiera olvidar definitivamente a aquel tipejo que había lastimado su confianza.

–Como te he dicho, estás mejor sin él. Eres joven y tienes tiempo para casarte y tener hijos –comentó Jack, pensando que ojalá quisiera hacerlo con él–. Además, tienes libertad para hacer lo que quieras. ¿Tienes ganas de ponerte manos a la obra con El Capricho de Francesco?

–Sí, muchas –aseguró ella con entusiasmo.

–Además del placer y la satisfacción de hacer un trabajo brillante, me tendrás para ti sola todo el fin de semana. Supongo que estarás contenta, ya que te gusta tanto tener sexo conmigo. Te aseguro que llegaré muerto de hambre de ti después de no haberte visto en toda la semana. Te voy a dejar exhausta.

Vivienne sonrió.

–No deberías retarme, jefe. Soy una persona muy competitiva. Te garantizo que vas a ser tú quien quede exhausto –afirmó ella con una pícara sonrisa–. Pedirás clemencia antes que yo.

–Solo puedo decir una cosa, señorita.

–¿Cuál?

–Eso habrá que verlo.

Capítulo 22

VIVIENNE se paseó por el piso superior de El Capricho de Francesco. Había necesitado dos meses para decorarlo y, mientras, había estado viviendo en una de las suites de la planta baja. Hasta ese día, no había dejado que Jack lo viera, pues quería que fuera una sorpresa.

Ansiosa porque él llegara de Sídney, no hacía más que asomarse a la ventana. Eran casi las seis, la hora a la que solía llegar cada viernes. Si fuera a llegar tarde, la habría llamado, como siempre hacía si se retrasaba. Jack era un hombre muy considerado.

Cuando iba a empezar el fin de semana, Vivienne siempre lo esperaba con entusiasmo, deseosa de verlo. Y él siempre llegaba con un ramo de rosas. Ella tenía la esperanza de que, con el tiempo, los sentimientos de su amante cambiaran y decidiera comprometerse. Quizá, algún día, Jack pensara que no quería seguir soltero para siempre y que quería casarse y tener hijos.

Sin embargo, no quería albergar demasiadas esperanzas. Sus fines de semana juntos estaban siempre llenos de pasión, aunque, en el último mes, lo había sorprendido en ocasiones demasiado silencioso, con la mirada ausente. El sábado anterior, cuando le había preguntado en qué había estado pensando, él le había dicho que en la vida, nada más. Era una respuesta extraña para él, un hombre que no dedicaba demasiado tiempo a darle vueltas a las cosas.

Vivienne no podía evitar temer que Jack quisiera dejarla cuando terminara la decoración de la casa. Era un pensamiento muy deprimente, pero, por encima de todo, no quería estropear el tiempo que pudieran estar juntos. Por eso, nunca le decía que lo amaba, aunque lo hubiera tenido cientos de veces en la punta de la lengua, para evitar que él se sintiera presionado o incómodo.

Al ver los faros de un coche acercándose, el corazón de Vivienne se llenó de felicidad. Jack había llegado sano y salvo. Ya estaba en casa.

Ella se contuvo para no ir corriendo a la puerta de entrada. No quería parecer demasiado ansiosa, así que prefirió esperarlo en la cocina, mientras vigilaba el pollo al curry que había preparado. Siempre cocinaba para él los viernes por la noche, pues sabía que llegaba cansado y no quería que malgastara su energía saliendo a cenar a un restaurante. Prefería que la empleara en otras cosas.

–Cariño, estoy en casa –saludó él con un ramo de rosas en una mano y una botella de champán en la otra.

–¿Es para celebrar la inauguración de la planta de arriba?

Jack titubeó un momento.

–Claro, ¿para qué si no? –replicó él con gesto serio.

¿Es que había dicho algo malo?, se preguntó ella.

–He hecho tu comida favorita –informó Vivienne, mientras colocaba la botella de champán en la nevera–. Pollo al curry –añadió y, cuando se giró, vio que él estaba poniendo las rosas en el jarrón que siempre le tenía preparado en la encimera–. No tienes por qué comprarme rosas todos los fines de semana.

–Pero me gusta hacerlo –afirmó él, sonriente–. Vamos, enséñame tu obra terminada. Sé que estás deseándolo. No has hablado de otra cosa todos estos días. Pero te advierto que, como no me guste, tendrás problemas.

–Ay, qué miedo –se burló Vivienne y sonrió. Estaba segura de que iba a gustarle.

Y acertó. A Jack le encantó, incluso que hubiera pintado las paredes de color blanco. No era blanco radiante, sino una mezcla de blanco y crema. Era el escenario perfecto para los muebles que Vivienne había elegido, piezas de madera tallada al estilo mediterráneo, como en las villas toscanas que había visto en fotos en Internet. Los cómodos sofás y las sillas del salón estaban tapizados con colores cálidos: crema, amarillo y algún verde oliva. La chimenea seguía en el mismo sitio, rodeada de mármol italiano marrón con vetas doradas.

Los dos baños y la cocina también eran blancos, con el mismo mármol para las encimeras y las mesas del baño. La zona de estar tenía gruesas alfombras en tonos crema.

Lo que más le gustó a Jack fueron los cuadros que Vivienne había elegido para decorar las paredes. No eran originales ni demasiado caros. Eran paisajes marinos y terrestres, preciosas playas y bonitos veleros, montañas y verdes valles. Sus marcos sí eran caros, sin embargo, en tonos dorados y blancos.

–¿Te gusta, jefe? –preguntó ella, alegre, cuando él llevaba un buen rato parado delante de uno de los cuadros, colgado encima de la chimenea. Era una playa espectacular.

–Demasiado –repuso él.

–¿Cómo que demasiado? –inquirió ella, extrañada por su respuesta.

Jack no respondió. Solo se apartó del cuadro de forma abrupta con gesto serio y caminó hasta las puertas correderas de cristal que daban a uno de los balcones. Salió al aire frío de la noche y se acercó a los paneles de sólido y grueso cristal que habían reemplazado las viejas barandillas oxidadas. Vivienne lo siguió, sin saber qué estaba pasando. Él se quedó largo rato en silencio, hasta que se giró hacia ella. Cuando lo hizo, Vivienne estaba temblando de frío.

–Lo siento –le espetó él–. Creí que iba a poder hacer esto. Pero no puedo seguir así por más tiempo.

–¿Hacer qué? –inquirió ella, sintiéndose de pronto mareada.

–Esperar... a que termines la decoración de toda la casa.

Así que era eso, pensó Vivienne y se encogió, adivinando que iba a romper su relación. Quiso gritarle que no la dejara, suplicarle, decirle que necesitaba seguir con él. Sin embargo, se dio cuenta de que no tendría sentido alargar las cosas. Si Jack no la quería como ella a él, ¿de qué le iba a servir retrasar lo inevitable?

–¿Qué quieres decir, Jack? –preguntó ella, tratando de disimular su desesperación–. ¿Es que ya no me deseas?

Jack echó la cabeza hacia atrás, abriendo mucho los ojos.

–Cielos, mujer, nada más lejos de la verdad. Te deseo con toda mi alma, Vivienne. Te deseo cada minuto del día. Y más que eso. Te amo tanto que me está matando no poder decírtelo. No puedo seguir jugando a este juego. Pensé que podía esperar a que te enamoraras de mí antes de decirte nada, pero he comprobado que no puedo. Al ver el trabajo espléndido que has hecho aquí... me he dado cuenta de que no quiero vivir en esta casa solo. Quiero que vivamos juntos como marido y mujer.

–¿Marido y mujer? –repitió ella, mirándolo boquiabierta.

Jack comprendía su sorpresa, pero ya había empezado a hablar y nada podría detenerlo.

–Sí. Ya sé que dije que no quería casarme, ni tener hijos. Pero eso era antes de enamorarme de ti, Vivienne. El amor cambia las cosas. Te hace querer más. Sé que para ti es demasiado pronto. ¿Crees que podrías amarme algún día? Sé que te gusto y te gusta dormir conmigo, así que, tal vez... Te prometo que, si te casas conmigo, haré todo lo que esté en mi mano para hacerte feliz. Nunca te engañaré, nunca. Y te daré todo lo que quieras. Podemos tener cien hijos, si es lo que quieres. Bueno, igual no tantos... pero dos o tres... o hasta cuatro. Tres es un buen número. Y cuatro estaría bien también. ¿Qué dices, mi hermosa Vivienne? ¿Podrás pensarlo, al menos?

Ella se quedó mirándolo, muda, con los ojos llenos de lágrimas.

Vaya, pensó Jack, nervioso. ¿Qué significaba eso? ¿Eran lágrimas de alegría o de tristeza?

Como era natural, él solo podía hacer una cosa, abrazarla. Y eso hizo mientras ella sollozaba. Así estuvieron un buen rato, hasta que él empezó a quedarse congelado en el balcón.

—Creo que deberíamos entrar al salón –indicó él y, cuando lo hicieron, cerró la puerta tras ellos–. Lo siento –se disculpó con pesar–. No debí haberlo dicho. Quise ser paciente, pero la paciencia no es mi fuerte. Ahora lo he echado todo a perder –se disculpó él.

—No, no –negó ella, mirándolo con ojos brillantes–. No has estropeado nada.

—¿Ah, no?

—Jack, yo estoy enamorada de ti.

—¿Lo estás?

—Sí, pero tampoco quería decirte nada. Estaba esperando que tú te enamoraras de mí al final. Claro que me casaré contigo, mi amor –afirmó, tomando el rostro de él entre las manos.

Jack nunca había llorado de felicidad, pero siempre había una primera vez. Intentó parpadear para contener las lágrimas, pero era una batalla perdida.

Entonces, fue Vivienne quien lo abrazó a él, diciéndole sin parar lo mucho que lo amaba. Lloraron juntos, se besaron y se rieron el uno del otro por haber sido tan tontos y no haberse confesado antes su amor. Después de eso, abrieron el champán para celebrar su felicidad y, en el dormitorio, sellaron su amor del modo en que las parejas llevaban haciéndolo desde el principio de los tiempos.

Y el pollo con curry tuvo que esperar hasta muchas horas después.

Capítulo 23

FALTABAN tres semanas para Navidad y el verano australiano estaba comenzando. Hacía un hermoso día despejado, con el cielo azul y una suave y cálida brisa. Pero nada era tan hermoso ese día como la novia.

Aunque Vivienne siempre estaba bella, pensó Jack, mientras la miraba a los ojos, tomándola de ambas manos.

Estaban en el mismo balcón donde todo había comenzado hacía unos meses. El sacerdote se había colocado delante de ellos, de espaldas a las vistas, y los invitados, a los lados. Tampoco habían invitado a mucha gente. Nada más a la madre de Jack y George, Marion y Will, su nuevo novio inglés, más las dos hermanas de Jack con sus maridos e hijos. Por supuesto, la familia de Jack estaba encantada con Vivienne. No podía haber sido de otra manera, pues ella era adorable.

Jack le había regalado un anillo de compromiso el mismo día después de su proposición, con un enorme diamante rodeado de esmeraldas, a juego con sus ojos. Pero habían querido esperar a que El Capricho de Francesco hubiera estado terminado para casarse.

La casa había sido pintada de blanco y tenía un

tejado nuevo. Parecía una joya resplandeciente bajo el sol, en lo alto de la colina, rodeada de una exuberante y verde vegetación. El interior había sido transformado por completo. Vivienne había dado rienda suelta a su talento de decoradora. Después de haberle contado a Jack el trastorno de Diógenes que había sufrido su madre, se había liberado en cierta forma de su ansiedad y sus complejos y había podido dotar a su futuro hogar de un aire cálido y acogedor. Aunque tampoco había querido que la decoración fuera demasiado sobrecargada. A veces, menos era más, le había explicado a Jack.

En cuanto a los colores, había elegido una base neutra para las paredes y, luego, lo había salpicado todo de detalles de tonos alegres. En los apartamentos inferiores, se había explayado un poco más, llenándolos de toques de color aquí y allá.

Pensando que esas serían las habitaciones destinadas a los niños, las había amueblado con sofás y sillas de cuero, más resistentes, y había hecho construir unas cuantas estanterías en la pared, donde pensaban poner los juguetes, fotos y cuentos. Aunque los niños del presente ya no leían tanto. Preferían las consolas y los ordenadores, había señalado Jack. También, Vivienne se había comprado un mueble-biblioteca antiguo para colocar sus libros de suspense, en el salón del piso de arriba.

Vivienne no había vuelto a vivir a Sídney y les había vendido su casa a Marion y a Will a precio de saldo, en opinión de Jack. Aunque a él no le importaba. Tenía dinero de sobra. Por otra parte, había decidido repartir su tiempo de trabajo entre Sídney y la zona de Newcastle, con idea de trasladar su compañía en el futuro cerca de El Capricho de Francesco. Vivienne se había hecho una página web para ofrecer sus servicios de diseñadora de interiores y ya había recibido sus primeros encargos. Ella había preferido esperar a que estuvieran casados para quedarse embarazada. A él le había parecido bien, pero quería empezar a buscar un bebé lo antes posible. Se moría de ganas por ser padre.

Vivienne le dio un apretón en la mano, llevándolo de vuelta al momento presente.

—Ahora somos marido y mujer —señaló ella con la más dulce de las sonrisas—. Puedes besarme si quieres.

Jack la besó y todos aplaudieron.

—Dime, ¿dónde ha estado tu cabeza durante toda la ceremonia? —le preguntó ella en un susurro cuando sus labios se separaron.

—Estaba pensando en hacerte mamá esta misma noche.

—Puede que no sea tan rápido, Jack. A veces, hay que esperar meses.

Vivienne tenía razón. No se quedó embarazada esa noche. Aunque no tuvo que esperar mucho. Concibieron un bebé el día de Año Nuevo. Un niño.

En cuanto a El Capricho de Francesco, siempre fue un hogar feliz y lleno de risas. Tuvieron cuatro hijos, dos niños y dos niñas. Vivienne siguió trabajando, aunque solo a tiempo parcial. ¿Y Jack? Dejó de ser un adicto al trabajo, pues dedicaba casi todo su tiempo a su familia. Su madre y George no se casaron, pero continuaron siendo vecinos y se iban juntos de vacaciones muy a menudo. Las hermanas de Jack y sus hijos iban mucho a visitarlos, sobre todo en Navidad, y todos los primos se divertían mucho juntos yendo a la playa o haciendo barbacoas. Además, recibían muchas visitas, de Marion y Will, hasta de Nigel y su esposa. Era una casa muy acogedora.

A veces, cuando estaba sentada en su balcón favorito, tomándose una copa de vino helado y disfrutando de las vistas, Vivienne se imaginaba que Francesco estaba viéndolos desde el cielo, contento porque su casa estuviera llena de vida y llena de amor. En esos momentos, le daba gracias a Dios por haberla salvado en los malos tiempos y por haberle enviado a Jack.

Su vida no era perfecta. La de nadie lo era. Pero era una buena vida. Muy, muy buena.